VIVIENDO AL LÍMITE

BARBARA DUNLOP

HARLEQUIN™

Editado por HARLEQUIN IBÉRICA, S.A.
Núñez de Balboa, 56
28001 Madrid

Viviendo al límite, n.º 2031 - 18.3.15
Título original: Flying High
Publicada originalmente por Harlequin Enterprises, Ltd.
Este título fue publicado originalmente en español en 2007

I.S.B.N.: 978-84-687-5660-8
Depósito legal: M-34155-2014
Editor responsable: Luis Pugni
Impresión en CPI (Barcelona)
Fecha impresion para Argentina: 14.9.15
Distribuidor exclusivo para España: LOGISTA
Distribuidor para México: CODIPLYRSA
Distribuidores para Argentina: Interior, DGP, S.A. Alvarado 2118. Cap. Fed./Buenos Aires y Gran Buenos Aires, VACCARO HNOS.

Capítulo Uno

Si Striker Reeves tuviera el menor interés en una charla y una seria reprimenda, le habría dicho que sí a la preciosa morena con pantalón de cuero negro que se acercó a su mesa la noche anterior en Carnaby´s.

Pero no lo tenía.

Y no lo hizo.

Y estaba empezando a ser demasiado viejo para aquello.

Su padre, Jackson Reeves-DuCarter, se inclinó hacia delante, apoyando la mano en el sillón de cuero.

–Y luego me enteré de que cinco… cinco de mis ejecutivos se han visto obligados a quedarse un día entero en París sin hacer nada. Por tu culpa.

Striker apretó los dientes. Solo la presencia de su madre en el comedor, al otro lado de la puerta, evitó que le dijera a su padre que dejaba su trabajo como piloto en Reeves-DuCarter Internacional.

En lugar de eso contó hasta diez.

–Si no te importa, yo fui el único que cumplió el horario.

–El horario está sujeto a cambios. Para eso tenemos un avión privado, por eso no volamos en aviones comerciales.

–Pues entonces quizá deberías contratar un equipo entero de pilotos, así siempre habría alguno dispuesto las veinticuatro horas.

–No tendría ningún sentido tener una flota de pilotos cuando tú te llevas el avión.

Striker volvió a contar hasta diez. Su padre podía dedicar su vida entera a la empresa familiar, pero él no era un robot. Era un hombre de carne y hueso.

–Yo también tengo derecho a vivir.

Jackson hizo un gesto con la mano.

–¿A eso lo llamas vivir? Yo lo llamo estar siempre de juerga. Y estoy empezando a cansarme de que uses mi avión para irte por ahí a buscar mujeres.

–No voy a buscar mujeres… tenía una cita. Y el avión es de la empresa, no tuyo.

–La próxima vez, llévate tu diez por ciento a Londres y deja mi sesenta por ciento en la pista, donde debe estar.

–Si vas a ponerte puntilloso, solo lo usé un diez por ciento del tiempo –sonrió Striker.

A su padre no le hizo gracia la broma.

–Si vas a ponerte puntilloso… ¿cuándo nos vas a presentar a tu novia?

Striker se irguió. Jeanette no tenía pensado ir a Seattle. Y, la verdad, ni siquiera recordaba su apellido.

La había conocido en una discoteca, en París. Como muchas mujeres, se había quedado impresionada por el hecho de que fuese piloto. Y cuando le preguntó si la llevaría a algún sitio en su avión, él pensó: ¿por qué no? La llevaría a dar una vuelta a Londres… y a ver qué pasaba.

Desgraciadamente, cuando volvieron a París Striker ya había utilizado todas sus horas de vuelo para aquel día. Y cuando el grupo de ejecutivos quiso marcharse, Striker no podía pilotar.

–Ya me lo imaginaba –suspiró su padre, sacudiendo la cabeza–. Has perdido el control de tu vida, Striker.

–¿Porque me divierto?

–Diviértete en tus días libres. Cuando estás trabajando, estás trabajando.

De nuevo, Striker empezó a contar silenciosamente hasta diez, pero Jackson no le dejó llegar ni a dos.

–Estás castigado durante un mes.

–¿Qué?

–He contratado a otro piloto.

–Eso es ridículo –replicó Striker. Y humillante y totalmente absurdo. Él era un adulto, no un crío. Y no estaba de meritorio en la empresa–. ¿También quieres que escriba cien veces «no volveré a hacerlo»?

–Se me ha pasado por la cabeza, sí.

–Tengo treinta y dos años…

–Algunos días, me resulta imposible creerlo.

–No puedes hacerme esto.

–Acabo de hacerlo.

Striker abrió la boca para protestar, pero volvió a cerrarla. Su padre era el presidente de Reeves-DuCarter Internacional, y él no era más que un empleado y un accionista menor. Discutir no lo llevaría a ningún sitio.

Pero sí podía hacer una cosa. Algo que debería haber hecho mucho tiempo atrás.

Sin decir una palabra, se dirigió a la puerta. Redactaría una carta de renuncia en menos de media hora.

¿Castigarlo? De eso nada. Su padre podía ser el poderoso presidente de la empresa, pero él no era un niño. Había miles de aviones y cientos de empresas de aviación. Mucho trabajo para un buen piloto.

De modo que entró, decidido, en el comedor, donde su madre estaba colocando los cubiertos. En el centro de la mesa había un jarrón oriental con rosas blancas y capullos de cerezo artísticamente colocados. Los platos eran de la mejor porcelana inglesa.

Iba a decirle que no se quedaba a cenar… lo de que se iba de la empresa se lo contaría más tarde. No tenía sentido darle un disgusto ahora. Además, no estaba seguro de poder decírselo a la cara.

Ella se volvió al oírlo entrar.

–Cariño, ¿puedes bajar a la bodega un momento?

–Lo siento, mamá, pero no voy…

–Tyler y Jenna vienen a cenar y necesitamos otra botella de vino.

–Mamá, papá y yo acabamos de tener otra...

–Striker, ya sabes que no tiene ningún sentido hablar con tu padre a esta hora del día. Ve a buscarme una botella de vino, por favor. Además, hace siglos que no ves a tu hermano.

Por su expresión, Striker intuyó que sabía algo.

¿Habría oído la discusión? ¿Le habría confiado su padre algo sobre el «castigo»? Su madre tenía que saber que él no soportaría algo así.

–Jacques ha hecho salmón en salsa de eneldo esta noche. Tu plato favorito.

Salmón en salsa de eneldo podría haber calmado a Striker cuando tenía doce años, pero Jacques ya no podía sobornarlo.

–Mamá…

–Y como postre tenemos mousse de chocolate blanco.

–Mamá, de verdad…

–No seas bobo –lo interrumpió ella–. Sé un buen chico y baja a buscar el vino.

Striker vaciló, frustrado. Pero después de un momento se tragó lo que iba a decir. ¿Cómo demonios iba a dejar su trabajo si ni siquiera era capaz de decirle a su madre que no pensaba cenar con ellos?

Si dejaba la empresa familiar, la pobre se llevaría un disgusto tremendo.

Él lo sabía bien.

Siempre lo había sabido.

Su madre había sufrido mucho por su hermano Tyler, que había decidido abrir un negocio propio. Y ahora, cuando el hermano menor volvió al redil, se sentía feliz porque estaban todos juntos otra vez.

Si se iba ahora, destrozaría la felicidad de su madre. ¿Qué clase de hombre haría eso?

Erin O´Connell no podía creer que su jefe le estuviera haciendo eso a ella.

–¿Esto es a lo que tú llamas mi gran oportunidad?

–Te estoy pidiendo que coquetees con él, no que te acuestes con él –le explicó Patrick Aster, cerrando la puerta de la sala de juntas.

–¿Y para que coquetee con Allan Baldwin la empresa me compra un vestuario de diseño?

Erin se sentía como una prostituta. Sí, llevaba meses intentando que Patrick le diera la oportunidad de negociar con algunos de los proveedores más importantes de Joyerías Elle, con base en Nueva York, pero no así, no a costa de su ética profesional y personal.

Patrick se acercó a la mesa donde tenían la cafetera y se sirvió una taza de café. Se volvió hacia Erin.

–Estamos hablando de Allan Baldwin. Allan, el rey de los diamantes Baldwin. ¿Tú sabes la oportunidad que te estoy ofreciendo?

Erin se cruzó de brazos, llevaba una blusa de color crema.

–¿Y cómo se supone que voy a conseguir reconocimiento y respeto en la empresa coqueteando con un cliente?

Patrick levantó la taza.

–Si consigues la cuenta de Baldwin, el consejo de administración te besará los pies.

–Pero todo el mundo pensará que me he acostado con él.

–No.

–Sí.

–Bueno, aunque lo pensaran, les daría igual.

–No me conoces en absoluto, ¿verdad? –replicó Erin.

Patrick sonrió.

–Claro que te conozco. Eres inteligente, comprometida, trabajadora… y estás hambrienta de éxito.

Muy bien. Sí la conocía. Llevaba cuatro años siendo compradora regional para Joyerías Elle y se moría por conseguir un ascenso. Pero ella tenía sus límites y tenía su orgullo. No pensaba usar su género, su atractivo físico y su cuerpo para conseguir un contrato.

Patrick suspiró, con un exagerado gesto de paciencia.

–Lo único que tienes que hacer es ir a Seattle, alquilar una avioneta para llegar a la isla Blue Earth, acudir a la exposición de arte en Pelican Cove, para la que te he conseguido una invitación, y encontrarte accidentalmente con Allan Baldwin.

–¿Para ofrecerle que firme un contrato con nosotros?

Patrick le hizo un guiño.

–Eso es. Haz lo que haga falta, cariño –Erin abrió la boca, indignada–. Lo digo de broma, mujer. Siempre se hace así. Te lo encuentras por casualidad, charlas con él, haces que se sienta cómodo contigo antes de hablar de negocios...

–No.

La puerta de la sala de juntas se abrió entonces y la gemóloga de Joyerías Elle, Julie Green, asomó la cabeza.

–Puedes llevarte a Julie.

–¿Llevarse a Julie adónde? –preguntó ella, entrando en la sala y cerrando la puerta.

–A Seattle –contestó Patrick–. Al hotel Mendenhal Resort, en la isla Blue Earth, con todos los gastos pagados.

–¿Al Mendenhal? –repitió Julie, abriendo muchos los ojos.

–La empresa incluso pagará un vestuario nuevo de Pucci... para las dos.

Julie se volvió hacia Erin, su corta melenita rubia daba saltos de alegría.

–Sí. Llévate a Julie. Por favor.

–No te emociones. Patrick quiere que me acueste con un cliente.

Julie miró a Patrick y luego volvió a mirarla a ella. En voz baja, dijo la palabra Pucci.

–Eso no está bien –dijo en voz alta.

Erin levantó los ojos al cielo.

–¿Has visto la colección de verano? –preguntó Julie entonces–. Yo no tendría que acostarme con él, ¿verdad? ¿Quién es él, por cierto?

–Allan Baldwin –respondió Erin.

–¿Allan Baldwin, Allan Baldwin?

No le sorprendía nada que lo conociera. Allan Baldwin había revolucionado la industria de los diamantes. Después de encontrar una mina al norte de Canadá, algo completamente inesperado, decidió tallar una microscópica ballena en cada diamante… y ese detalle había despertado la atención del público y las revistas especializadas, convirtiéndose desde entonces en el proveedor de diamantes más moderno del mercado. Ahora, todos los compradores del mundo querían las gemas de Allan. Incluido Joyerías Elle.

–Allan Baldwin –le confirmó Patrick.

Julie hizo una mueca.

–Bueno, la verdad es que está buenísimo. Si yo tuviera que acostarme con él…

–¿Que esté bueno es lo único que necesitas para tirar tus principios por la ventana? –le espetó Erin.

–No, claro que no. Que esté bueno y que tenga una mina de diamantes.

Patrick soltó una risita.

Erin sacudió la cabeza.

–¿No has visto su foto en el *Empresarios* de este mes? –preguntó Julie.

Erin había visto la fotografía. Y sí, Allan era definitivamente un hombre muy guapo.

Aunque eso daba igual. La propuesta de Patrick era completamente ridícula.

–Yo soy una compradora de gemas profesional, no una golfa.

–Los hombres hacen esas cosas todo el tiempo –protestó Patrick–. Díselo, Jules.

–Los hombres hacen esas cosas todo el tiempo.

–¿Qué hombres? –preguntó Erin.

–Jason Wolensky, por ejemplo –contestó su jefe.

Erin lo miró, guiñando los ojos. Jason Wolensky era uno de los compradores más importantes de la empresa.

–Y Charles Timothy –siguió Patrick–. Los dos lo intentaron con Allan Baldwin, pero fracasaron.

Julie le dio un codazo.

–Ya te dije que tantas horas en el gimnasio, tarde o temprano, servirían de algo.

–¿O sea, que voy a conseguir mi gran oportunidad en la empresa gracias a que estoy en buena forma? –preguntó Erin, irónica.

–No, gracias a tu estupendo trasero –contestó Julie con toda tranquilidad.

Erin no estaba dispuesta a aceptarlo. Durante su infancia, en un diminuto apartamento en el Bronx, no había tenido mucho, pero contaba con la sabiduría de su madre. Su madre siempre le había dicho que trabajando y perseverando se conseguía todo en la vida. Nunca había dicho nada de tener buenos glúteos.

Patrick dio un paso adelante.

–Erin, Jason lo intentó. Charles lo intentó. Créeme, utilizaron todo lo que pudieron. Si Allan fuera homosexual, habrían usado sus glúteos.

–Allan no es homosexual –protestó Julie.

–No te estoy pidiendo que te acuestes con él. Solo que vayas a Seattle y hables con ese hombre. Charla con él, ríete con él, síguele la corriente. Luego ofrécele nuestro mejor precio y a ver qué pasa.

Erin vaciló. A pesar de las palabras de su jefe, aquello no sonaba nada bien.

–Puedo garantizar que, si lo consigues, llevarías el Departamento de Compras de la empresa.

Muy bien. Eso la animaba un poco. Quizá su ética y su sentido de la moral tenían un precio después de todo.

–Hay una oficina vacía en la planta novena –insistió Patrick.

Erin sintió que su resolución flaqueaba. Desde luego, no se acostaría con ese hombre, quizá ni siquiera tendría que tontear… reírse un poco con alguien no era tontear.

Y compraría un vestido que le tapase el trasero.

–Eres una profesional –dijo Patrick–. Y ahora,

sal ahí y haz todo lo que puedas para conseguir esa cuenta.

Julie la tomó del brazo.

–Y llévate a Julie contigo.

Striker abrió la tapa del depósito de aceite de su avioneta Cessna y se secó el sudor de la frente con el antebrazo. Las palabras de su padre no dejaban de darle vueltas en la cabeza.

Luego había visto la mirada de su madre, su expresión esperanzada y vulnerable… y supo que tendría que encontrar la forma de solucionar el asunto como fuera. No sabía cómo iba a hacerlo, pero dejar la empresa no era una opción.

Haciendo un esfuerzo por concentrarse en algo, lo que fuera, para no pensar en su desastrosa vida profesional, se había pasado el día buscando repuestos para sus tres avionetas. Buscar repuestos de decomiso le parecía una buena forma de airear su frustración. Podía no ser capaz de dejar su trabajo, pero no tenía por qué quedarse en tierra.

La Tiger Moth y la Thunderjet estaban en un hangar en Sea Tac. Tardaría meses, quizá años, antes de poder volar con ellas. Pero la Cessna estaba en buenas condiciones. Quizá esa misma semana saldría con ella a dar una vueltecita.

La brisa fresca del Pacífico hacía que las olas golpearan rítmicamente contra el muelle del hangar. Striker apartó la tapa del depósito y se metió bajo la avioneta con una llave inglesa.

–¿Perdone? –oyó entonces una voz femenina.

Striker vio un par de piernas, un estupendo par de piernas, unas sandalias de tacón y el bajo de una falda corta.

En circunstancias normales, habría estado más que interesado en esas piernas y en esa voz, por no hablar del segundo par de piernas que había detrás. Pero aquellas no eran circunstancias normales.

Aun así, salió de debajo de la avioneta, limpiándose las manos con un paño.

–¿Sí?

Los cuerpos y las caras de las dos chicas desde luego iban a juego con las piernas. La que estaba más cerca le recordaba a una que conoció en Australia. Tenía el pelo rubio oscuro, por encima de los hombros, misteriosos ojos castaños y algunas pecas en la nariz que el maquillaje no podía disimular. Llevaba una falda blanca con una cremallera por delante. Y la blusa malva de seda le dijo que tenía estilo y confianza en sí misma. Era guapa y un poco altiva, la clase de chica que no ha sufrido mucho en la vida. Aunque, en aquel momento, parecía fastidiada por algo.

La otra parecía divertida, en cambio. A Striker le gustó eso. Su pelo corto, rubio también pero más claro, se movía con la brisa. Tenía los ojos azules y una sonrisa en los labios.

Striker volvió a mirar a la primera.

–¿Quería algo?

Ella se colocó el bolso al hombro, apartándose el pelo de la cara con la otra mano.

–La oficina estaba cerrada.

–¿La oficina?

Ella señaló el edificio de Charters Beluga.

–Habíamos alquilado una avioneta para las cinco.

–Son las seis y media –dijo Striker.

–¿Es usted el piloto?

–Soy piloto, pero no el suyo.

Ella se puso una mano en la cadera.

Ah, sí. Aquella era una mujer que siempre se salía con la suya.

–Nuestro avión llegó con retraso de Nueva York. Pero tenemos que ir a la isla Blue Earth.

–Podrían llamar a Beluga mañana –sugirió Striker.

–Tenemos que llegar allí esta noche –insistió ella.

–Lo siento, pero no puedo ayudarla.

–¿Por qué no? Está usted aquí, es piloto, tiene una avioneta. Dejamos un mensaje en el contestador de la agencia en cuanto llegamos al aeropuerto... No creo que a nadie le importe que nos lleve usted.

Striker admiró su tenacidad. Pero no cambió de opinión.

–No son ustedes mis clientes.

Ella dio un paso adelante, seductora.

Ah, genial. Iba a usar sus armas de mujer.

–Seguro que a su jefe le agradará que nos haya ayudado. Pensará que es usted un empleado modelo.

–Evidentemente, no conoce usted a mi jefe –murmuró Striker. Llevar a dos chicas guapas en su avioneta no le haría la más mínima gracia a Jackson Reeves-DuCarter.

–Pero no es culpa nuestra que hayamos llegado tarde.

–Yo no digo que lo sea. Pero es que yo no trabajo para Charters Beluga.

–¿Y para quién trabaja?

–¿Hoy? Para nadie.

–Genial. Le pagaré para que nos lleve a la isla Blue Earth. En efectivo.

Striker señaló el motor de la avioneta.

–Estoy cambiando el aceite.

–¿Cuánto tardará en hacerlo?

–No pienso ir a la isla.

Ella lo miró a los ojos y pestañeó dos veces.

–¿Cuánto? –preguntó.

Striker se guardó el paño en el bolsillo trasero del pantalón.

–Más de lo que tiene.

–Dígame una cantidad.

–Mire, es usted una chica muy guapa...

–¿Qué tiene eso que ver?

–Seguro que está acostumbrada a que todos los hombres caigan rendidos a sus pies...

–Yo no estoy acostumbrada a nada. Mis planes han salido mal por culpa de un retraso y necesito una avioneta. Y estoy dispuesta a pagar lo que me pida por llegar a la isla a las siete.

–No estoy en venta, lo siento. Además, me queda por lo menos una hora de trabajo.

Ella respiró profundamente, el gesto hizo que la blusa se le hinchara... por la zona de los pulmones.

Sí.

Ella nunca había usado sus encantos para nada.

Seguro.

–¿Cuándo podría llevarnos?

–No pienso ir a la isla.

–Si pensara ir... ¿a qué hora podríamos llegar?

Striker sabía que no debería contestar a esa pregunta. Sabía que estaba siendo manipulado por alguien que tenía práctica. Pero sus ojos eran tan cálidos, sus labios tan suaves. Era preciosa. Y, a pesar de sus protestas, él no era de piedra.

–En una hora y media.

–Eso es demasiado.

–Da igual, porque no pienso llevarlas.

Ella hizo un puchero, mirando alrededor.

–¿Hay algún sitio por aquí donde podamos cambiarnos?

–¿Cómo?

–Si no piensa llevarnos a la isla hasta las ocho, tendremos que ir vestidas desde aquí.

Striker la miró, atónito. No tenía tiempo para aquella chica tan obstinada.

–Le he dicho que no.

–Ya sé que me ha dicho que no –murmuró ella, agachándose para abrir la cremallera del portatrajes.

Por curiosidad, Striker la miró por el rabillo del ojo mientras volvía a meterse bajo la avioneta.

Y, asombrado, vio que la chica sacaba un vestido negro y procedía a… quitarse la blusa. Un hombre tendría que estar hecho de piedra para no reaccionar ante eso.

–¿Llevas un espejo, Julie?

–Sí, claro –contestó su amiga, abriendo su portatrajes para sacar otro vestido negro–. Yo también voy a cambiarme.

Striker miró alrededor para comprobar que solo estaba él viendo el espectáculo.

–Señoritas…

–Erin O´Connell. Y ella es Julie Green.

–Striker Reeves –murmuró él, por costumbre.

Erin empezó a quitarse la falda.

–Te doy mil dólares si nos llevas a la isla.

Striker sacudió la cabeza, disgustado consigo mismo. Qué facilón era.

Capítulo Dos

Erin se miró el reloj y luego guiñó los ojos para observar la cadena de islas en la distancia.

–¿No puedes volar un poco más rápido?

–Esto es una avioneta, no un avión –replicó Striker.

La avioneta volvió a pasar por una turbulencia, haciéndola saltar en el asiento. Se le clavaba el cinturón en el hombro y, seguramente, le estaría arrugando el vestido.

–Dijiste que llegaríamos allí a las ocho.

–Lo que dije es que no iba a llevaros. Y no debería haberlo hecho.

–¿A qué hora crees que llegaremos?

Él la miró con una sonrisa en los labios.

–No pienso decir nada para que luego me lo eches en cara.

–Solo quiero saber más o menos cuándo estaremos allí –replicó Erin. Si no estaban en la isla a las nueve, todo habría terminado.

–No lo sé.

–¿A las ocho y media?

–Ahora son las ocho y cuarto.

–¿A las nueve?

–Quizá.

Julie se inclinó hacia delante, mostrándole una revista.

–Este es el último artículo que han publicado sobre él. Es el partidazo del siglo.

–Las nueve como tope –insistió Erin.

–Pero tenéis que ir del aeropuerto a la fiesta.

–¿Y cuánto tardaremos? –preguntó ella, angustiada.

Striker se encogió de hombros.

–¿Cinco minutos, una hora? Seguro que puedes decirme por lo menos eso.

–Tendréis que pedir un taxi... no sé, media hora o cuarenta minutos.

Erin cerró los ojos. Estaba muerta.

–Tiene una fortuna estimada en miles de millones –siguió Julie.

Erin miró la revista con desgana. ¿Para qué iba a servirle esa información?

Striker dejó de mirar al horizonte y miró la revista que Julie tenía en la mano. Había demasiada vibración en la cabina como para leer el titular, pero se preguntaba de quién estarían hablando.

¿Miles de millones? ¿El partidazo del siglo? ¿Estarían buscando un marido rico? Quizá tenían tanta prisa por llegar a la isla porque el príncipe azul se convertiría en calabaza a las doce en punto.

Él había conocido a muchas mujeres que

veían su cuenta corriente y sus aviones con mucha más claridad que a él. Y la isla Blue Earth era una zona residencial solo para millonarios. Erin y Julie no serían las primeras en intentar conquistar a alguno de sus residentes.

–Dice que este año piensa ampliar el mercado de la empresa con esmeraldas –murmuró Julie entonces.

–No vamos a llegar a la fiesta –suspiró Erin.

–No te preocupes, lo veremos de una forma o de otra.

–¿Cómo? ¿Qué vamos a hacer, perseguirlo por toda la isla?

–No seas tan derrotista. Ese hombre tiene esmeraldas.

–Sí, ya.

–Si ha acertado con la veta y las gemas son de buena calidad, podría hacer una segunda fortuna. Solo por eso, yo soy capaz de perseguirlo en patines.

–No tienes vergüenza –dijo Erin.

Striker volvió a mirar el horizonte. ¿Vetas? ¿Gemas de buena calidad? Si esas chicas estaban buscando un marido rico, desde luego habían hecho los deberes.

–Ninguna. Si son gemas de primera, soy suya de por vida –dijo Julie.

Striker tuvo que sonreír. Y él pensando que un avión era una buena estrategia para ligar... Por lo visto, eso no podía compararse con los diamantes y las esmeraldas.

Erin cerró la revista y Striker vio en la portada la fotografía del hombre del que estaban hablando.

–Es Allan Baldwin –dijo, sorprendido. Allan y él se conocían de toda la vida, aunque últimamente se habían visto poco. La última vez, en una cena benéfica, en Navidad–. Antes solía vestir de manera más informal.

–¿Lo conoces? –exclamó Erin.

–Sí.

–¿Conoces a este hombre? –insistió ella.

–Sí.

Erin miró entonces sus botas de trabajo, los vaqueros manchados de grasa y la camiseta. Su evidente desdén lo hizo sentir como un bicho bajo el microscopio.

De modo que aquella chica juzgaba por las apariencias…

–¿De verdad conoces a Allan Baldwin?

–¿Es que hablo en chino? Fuimos juntos al instituto.

–Ah, fuisteis juntos al instituto –murmuró ella.

Eso sí que era insultante. Como si él no pudiera tener trato con Allan ahora que eran adultos. Aparentemente, valía para sacarlas de un apuro, pero debería saber cuál era su sitio en el mundo.

Menuda sorpresa se llevaría si viera un extracto de su cuenta corriente.

Aunque él no pensaba decirle nada. No le

apetecía entrar en su lista de posibles maridos. Si descubría que el diez por ciento de Reeves-DuCarter Internacional lo había hecho multimillonario, seguramente le dibujaría una diana en el pecho.

Julie se inclinó hacia delante.

–Erin, él podría ayudarnos.

Erin volvió a mirarlo de arriba abajo con una desconcertante expresión calculadora. Y esta vez, Striker se sintió como un filete en una carnicería.

–¿Estás pensando lo que yo estoy pensando? –sonrió Julie.

–¿Cómo de bien conoces a Allan Baldwin? –preguntó Erin.

Striker no se lo podía creer. Antes lo despreciaba y ahora pensaba utilizarlo para llegar a Allan.

–Venga ya...

–Podemos arreglarlo un poco. Afeitarlo y comprarle un traje decente –dijo Julie entonces.

¿Arreglarlo? ¿Afeitarle? Ninguna de sus amigas se había quejado nunca de su aspecto. Y, a insistencia de su madre, tenía docenas de trajes de chaqueta en el armario. Y más de un esmoquin.

Aquellas chicas se sentirían mortificadas si supieran con quién estaban hablando.

–No tienes que volver a Seattle inmediatamente, ¿verdad? –preguntó Erin.

Ah, ya, pensó, irónico. Ella era la que nunca

usaba sus encantos para nada. Podría escribir un libro sobre cómo hacer que un hombree cambiase de opinión sencillamente con un pestañeo. Pero él no pensaba perder el tiempo presentándoles a Allan.

–Puede que esto os sorprenda, pero tengo cosas que hacer.

–Podemos pagarte –insistió ella.

–No es una cuestión de dinero.

–Pero bien que has aceptado los mil dólares –le recordó Erin.

Striker apretó los dientes antes de decir algo que pudiera lamentar. Como, por ejemplo, que habían sido esos ojazos y no los mil dólares lo que le había decidido.

–Te pondremos en nómina –insistió.

¿En nómina? ¿Tan organizadas estaban las buscadoras de maridos ricos?

–Y te compraremos ropa –añadió Julie–. Nosotras vamos de Pucci, pero yo creo que tú eres más de Versace.

Striker odiaba a Versace.

–¿Crees que podrías ponerte en contacto con Allan Baldwin después de tantos años? –preguntó Erin, siempre directa al grano–. Quiero decir, sin levantar sospechas.

–A ver si me explico con claridad: no pienso presentaros a Allan.

Erin se volvió hacia Julie.

–Allan podría pensar que Striker busca su dinero.

–¿Perdón?

–Por eso tenemos que vestirle apropiadamente –insistió Julie.

–Y no será nada fácil darle un aspecto adecuado.

–¿Perdón? –repitió Striker, incrédulo.

Las dos dejaron de hablar y lo miraron.

–Estoy aquí, por si no os habéis dado cuenta.

–Perdona –sonrió Julie.

–¿Qué parte de la palabra «no» no entendéis?

Erin lo miró, muy concentrada.

–Sé que esto puede ser un poco incómodo –dijo, poniéndole una mano en el hombro–. Pero te prometo que no será difícil.

–Desde luego que no. Sería lo más fácil del mundo. Pero pienso dejaros en el aeropuerto y luego me vuelvo a Seattle.

–No puedes hacernos eso.

–¿Que no?

–¿Te sientes intimidado por el dinero de Allan? Pues no lo estés. Podemos ayudarte a dar una buena impresión. Te diremos lo que tienes que decir, lo que debes hacer, qué tenedor has de usar…

¿Iban a darle lecciones de etiqueta? Striker había cenado en un restaurante de cinco tenedores en París el jueves y nadie se había quejado de sus modales.

–No me siento en absoluto intimidado por su dinero.

Erin sonrió y, en sus ojos castaños, vio un brillo de aprobación.

–Estupendo –dijo apretándole el hombro. De nuevo, sin utilizar sus encantos para convencerlo.

–Creo recordar que he dicho que no.

–¿Por qué ibas a hacer eso?

–Porque tengo otras cosas que hacer.

–Seguro que pueden esperar.

–Pero si ni siquiera sabes qué tengo que hacer.

El calor de su mano parecía atravesarle la camiseta y su resolución empezaba a flaquear.

–Me parece que no lo entiendes –dijo Erin en voz baja–. Esto es terriblemente importante para nosotras.

Allí estaba, inclinándose para hablarle al oído, usando todos los trucos para convencer a un hombre, haciéndolo pensar en cosas en las que no debería pensar.

–Creí que habías dicho que no usabas tus encantos para salirte con la tuya.

Ella parpadeó, sorprendida.

–¿Quién está usando sus encantos? Estoy intentando razonar contigo.

–Estás coqueteando conmigo.

Y estaba funcionando.

–Estoy siendo simpática. Es muy diferente.

–Me estás tocando.

–Te estoy tocando el hombro. Si estuviera coqueteando contigo, te tocaría el cuello o el pelo.

Daba igual. Era como si le estuviera tocando en esos sitios. Sus palabras iban directamente a... adonde no deberían ir.

–Te estoy haciendo una propuesta de trabajo.

–Y yo te digo que no.

–Entonces, apelaré a tu bondad natural.

–Carezco de bondad natural.

–Tenemos tres dormitorios en el bungalow. Frente al mar. Podemos ver juntos la puesta de sol.

La mente de Striker no pasó de las palabras «dormitorio» y «bungalow». Siempre le habían gustado las promesas que las mujeres no podían cumplir. Debía de ser por eso por lo que siempre estaba llevándolas a dar una vuelta en su avión, en el avión privado de su padre.

–Muy bien. Os doy veinticuatro horas.

–Cuarenta y ocho –dijo Erin.

–De eso nada.

Erin no podía creer que hubiera tenido que «coquetear» con Striker para llegar a la isla. Sí, necesitaban su ayuda con urgencia, pero la verdad era que prácticamente se había echado en sus brazos.

Y ni siquiera sabía que fuera capaz de usar ese tono de «por favor, acuéstate conmigo» para conseguir algo. Patrick había puesto un ascenso delante de sus ojos y, de inmediato, se había convertido en una fresca.

Era indigno. Y no pensaba volver a hacerlo. Aunque no tendría que hacerlo. Ahora que Striker estaba a bordo, las cosas irían mejor.

En cuanto el taxi se detuvo delante del hotel, Julie saltó del coche para ver el mar.

–¡Qué bonito!

El sol se estaba poniendo, tiñendo el cielo de un hermoso color rosado, y las olas que llegaban a la playa parecían tener crestas de plata.

Julie se quitó las sandalias y salió corriendo.

Sin decir una palabra, Striker empezó a sacar las bolsas de viaje del capó. Había ido en silencio durante todo el camino, y Erin sabía que estaba molesto. Pero, al fin y al cabo, había aceptado ayudarlas. Nadie le había puesto una pistola en la cabeza.

Después de pasar por recepción para registrarse y recoger la llave del bungalow, Erin abrió la puerta y se apartó para que Striker entrase con las bolsas.

–¿Dónde quieres que duerma el gigoló? –preguntó, irónico.

–Tú no eres un gigoló –protestó ella, aunque esa palabra conjuraba una imagen muy interesante.

Pero no. Striker no era su tipo. Además, ella solo estaba allí para conocer a Allan Baldwin. No había otros servicios incluidos.

–Tú pagas la habitación.

–Tengo una buena razón para ello.

–Sí, que soy un mantenido.

–Anda ya.
–Muy bien. ¿Cómo me llamarías tú?
–Un… asesor –contestó Erin.
Striker sonrió.
–Eso suena mucho más digno.
–¿Verdad que sí?
–Bueno, a ver, para comprobar que el asesor sabe lo que tiene que hacer: ¿cuál de las dos intenta pescar a Allan?
–Yo.
–Ah, claro, no me sorprende.
–Yo soy la jefa del proyecto. Julie está aquí como asesora técnica.
Al menos esa era la excusa de Patrick para enviar a Julie a Seattle. Aunque la verdad era que no había diamantes que estudiar. Y aunque los hubiera, no sería necesario. La reputación de los diamantes de Allan Baldwin estaba más que establecida.
–Asesora técnica –repitió Striker.
–Eso es. Aunque no me va a hacer falta –sonrió Erin, mirando alrededor.
Era un bungalow precioso, justo enfrente de la playa. Con un porche lleno de plantas, un lucernario en el techo del salón y una enorme chimenea. Si una mujer iba a despedirse de sus principios, aquel era un buen sitio para empezar.
–Debo decir que eres muy sincera acerca de tus planes.
–Tú me has preguntado. Además, ahora estás

en nómina. Pero no vamos a contárselo a Allan de inmediato, claro. Para eso te hemos contratado.

–Claro, claro. Que él supiera lo que estáis tramando sería un problema.

–No facilitaría las cosas, desde luego –dijo Erin, tomando su bolsa de viaje.

–No, no, por favor. No quiero que te salgan callos –suspiró Striker, quitándosela de las manos.

–¿Qué?

–Los diamantes no te quedarían bien –dijo él, tomando la otra bolsa y dirigiéndose a la escalera.

Erin se quedó mirándolo, sorprendida. Ella iba a comprar diamantes, no a ponérselos.

–O a lo mejor te gustan más las esmeraldas –dijo Striker, sin volverse.

–Francamente, me gustaría tener las dos cosas –suspiró ella, siguiéndolo por la escalera.

–Ah, una auténtica mercenaria.

–¿Qué? Soy una profesional.

–No lo dudo en absoluto –replicó él, sarcástico.

Quizá había sido un error involucrar a un hombre como Striker en aquello, por muy valioso que fuera.

–¿Te molesta que me interesen los diamantes de Allan?

–No eres la primera en intentarlo.

–¿Ah, no? –Erin llegó al final de la escalera.

¿Habrían ido otros compradores a la isla? ¿Los habría llevado el propio Striker?

–Pues claro que no.

Los tres dormitorios, muy lujosos, tenían cuarto de baño. El del medio era ligeramente más pequeño y los dos de los lados tenían una terraza.

–Me quedo con el del medio –dijo, soltando las bolsas de viaje–. Como soy un simple empleado…

–¿Striker?

–¿Sí?

El brillo de sus ojos azules la hizo vacilar. «Concéntrate», se dijo a sí misma. Tenía que saber. ¿Cómo se dirigieron a Allan los otros compradores? ¿Cómo reaccionó él? ¿Qué errores cometieron?

No. Eso sería demasiado descarado.

–Dime.

–No, solo…

–Sé que vas a pedirme algo, así que hazlo ya. A menos que antes quieras tocarme otra vez.

–No –dijo Erin, dando un paso atrás–. No quiero tocarte.

Los ojos de Striker brillaron ante esa declaración y, cuando sonrió, Erin comprobó que tenía un hoyito en la mejilla. Entonces se dio cuenta de que debajo de la grasa había un hombre muy guapo. Aunque eso le daba igual. Su atractivo era irrelevante.

–¿Quieres tontear conmigo otra vez, Erin?

–Yo no he tonteado contigo.

–Sí lo has hecho. Pero da igual, como quieras.

–Oye, Striker, antes has dicho que otras personas han intentado que Allan Baldwin les firmara un contrato. ¿Sabes cómo…?

–¿Un contrato?

–Sí.

–¿Así es como lo llamas?

–¿Cómo lo llamarías tú?

Striker sacudió la cabeza.

–Da igual, déjalo.

–¿Qué? ¿Qué he hecho ahora?

–Quizá no sea asunto mío. Después de todo, he aceptado ayudaros. Pero ¿no te parece que llamarlo contrato es un poco mercenario?

¿Mercenario?

–Es un contrato a cambio de diamantes.

–Y yo pensando que lo había visto todo…

–Oye, que se hace todo el tiempo. No hay nada ilegal o inmoral en…

–Sobre eso podríamos discutir durante horas –la interrumpió él.

–No es que vayamos a engañarle. Allan podrá considerar el asunto antes de decidirse.

–¿Y eso no te parece increíblemente calculador?

–No, lo considero algo prudente y profesional.

O, al menos, Patrick lo consideraba así. Y como Patrick era su jefe y ella necesitaba desesperadamente un ascenso, eso era lo que iba a hacer.

Striker levantó los ojos al cielo.

–¿Qué? ¿Cómo sugieres que lo haga?

–¿Qué tal si antes conoces un poco a la persona, como todo el mundo? Le conoces, él te conoce a ti, quizá te enamores.

Erin sintió como si el suelo se hubiera abierto bajo sus pies.

–¿Enamorarme?

–Sí, ya sabes. A la manera tradicional.

–¿Estás sugiriendo que trate de enamorar a mis clientes para que firmen un contrato?

–¿Clientes? Mira, no quiero ofenderte, pero llamarlos clientes te hace parecer una prostituta.

Erin abrió la boca, pero de ella no salió ningún sonido.

–¿Qué? –exclamó unos segundos después.

–Quieres casarte con un hombre solo por dinero...

–Yo no voy a casarme con nadie.

–Ah, no, es verdad. Vas a firmar un contratos.

Erin lo miró entonces, guiñando los ojos.

–Striker.

–¿Sí?

–¿Qué crees que he venido a hacer aquí?

Él se pasó una mano por la cara.

–Intentar que Allan Baldwin se case contigo.

–Oh, no.

–¿Qué?

–Voy a intentar que Allan Baldwin me venda diamantes, no me que me los regale.

Striker arrugó el ceño.

–¿Que te los venda?

–Soy compradora de diamantes para una empresa de joyería de Nueva York.

–¿Qué?

–Lo que has oído.

–Ah, bueno, en ese caso… mi opinión sobre ti acaba de subir muchos puntos.

–Vaya, gracias.

–De nada.

–¿Y cuántos puntos hay que subir para que dejes de pensar que soy una golfa?

Capítulo Tres

En Asher´s, en la calle principal de Pelican Cove, Striker observó la expresión dudosa de Erin mientras se probaba una chaqueta de color verde con botones dorados y hombreras tipo años ochenta con un pantalón azul marino.

El conjunto era horrible, pero su objetivo era asustar a Erin.

Se lo merecía.

Aunque no estuviera intentando pescar un marido rico, seguía planeando enredar a Allan. Y Striker pensó que, al menos, merecía tener que trabajarse un poquito la presentación. Además, hacer como que no sabía lo que era un buen traje era su pequeña venganza.

¿No lo había convencido para que fuese a la isla? Pues allí estaba. Y pensaba disfrutar de lo lindo haciendo el papel de Eliza Doolittle mientras Erin hacía de profesor Higgins.

–Ah, esto es lo que yo llamo un traje elegante.

El dependiente lo miró con expresión de auténtico horror mientras Erin dejaba escapar un gemido de angustia.

–¿No preferiría usted probarse un Hillsboro? Solo por comparar –dijo el joven.

–¿Lo tiene en color marrón?

El vendedor arrugó la frente.

–No, me temo que no.

–Pero el gris está muy bien –intervino Erin–. Deberías probártelo.

Striker arrugó el ceño, como si se lo estuviera pensando. En realidad, Hillsboro era uno de sus diseñadores favoritos. Aunque su madre solía protestar si compraba trajes que no fueran hechos a medida.

–La corbata granate iría muy bien –dijo el dependiente.

–¿Seguro que no le gusta este conjunto? –preguntó Striker.

–No... en fin, creo que el otro le quedaría mejor.

–Sí, seguro que sí.

–Muy bien –Striker entró en el probador, disimulando una risita. La chaqueta verde y el pantalón azul eran absolutamente espantosos, pero lo estaba pasando en grande.

Tendría que comprar el Hillsboro, sí. Dejaría de hacerse el tonto con la ropa, pero estaba deseando impresionarla con sus «maneras medievales» en la mesa. Y tenía planeado repasar todo su repertorio de chistes de mal gusto.

Striker salió del probador y abrió los brazos, dándose una vueltecita.

–¡Ese te queda perfecto! –exclamó Erin, con una sonrisa en los labios.

Striker intentó ignorar la sonrisa y el calorcito que sintió por dentro. Era como el perro de Pavlov cuando en lo que se refería a las mujeres guapas.

–¿Seguro? Yo creo que quedaría mejor en marrón.

El dependiente se puso detrás y le estiró la chaqueta.

–Este le queda muy bien.

–No sé, me siento…

–Es perfecto.

–Nos lo llevamos –dijo Erin.

–También necesito un par de vaqueros.

–No, lo siento, pero aquí no tenemos pantalones vaqueros –dijo el dependiente, muy serio.

–Nos llevamos el traje –repitió Erin–. Y dos camisas, los zapatos marrones de ante y la corbata.

–¿Dónde podemos comprar vaqueros? –insistió Striker.

–Creo que en Garment Barn, en la Avenida, hay una tienda que los vende.

–¿Qué tal unos chinos de color caqui? –sugirió Erin.

–Perfectos para el día –contestó el dependiente–. Vuelvo enseguida.

–Prefiero un chándal –protestó Striker.

–No, hazme caso. Yo soy una experta en imagen.

–¿Qué tiene de malo un chándal?

–Que pareces una patata.

–Yo tengo abdominales de acero –dijo él, levantándose la camisa para mostrarle el estómago plano–. ¿Quieres tocar?

–¿Quieres dejar de hacer el tonto? No pienso tocarte los abdominales.

–¿Por qué?

–Porque no.

–La oferta sigue en pie.

–No.

–Tú te lo pierdes. Bueno, hablemos de ropa.

–No vas a comprar un chándal.

–Me pondré lo que tú quieras cuando tú quieras.

–Ah, por fin has recuperado el sentido común.

–A cambio –dijo Striker entonces–, yo elegiré un vestido para ti.

–No –contestó Erin.

–Ese es el trato. O lo tomas o lo dejas.

–Tú no puedes hacer tratos. Estás en nomina y te pago yo.

–Si me despido, no.

–No me harías eso.

–Un vestido –dijo Striker, que lo estaba pasando bomba–. Yo lo elijo, tú te lo pones. Pero no te preocupes, no te obligaré a ponértelo en público. Solo para mí.

Erin contuvo el aliento.

Striker la miró de arriba abajo entonces, sin disimular.

–Supongo que te habrás depilado.

Ella masculló algo ininteligible y Striker se

preguntó si habría ido demasiado lejos. Y entonces decidió que, de perdidos al río.

–Estarías guapísima con un vestido de satén rojo.

–No pienso…

–Con tanta tela como un bañador –prometió él, haciendo la promesa de los boy scouts.

El dependiente volvió con los pantalones.

–Creo que necesitamos un jersey de cachemir que vaya a juego con esto –suspiró Erin.

–Por supuesto, señorita.

–¿Eso es un sí? –sonrió Striker.

Después de un largo y frustrante día de compras con Striker, el rey de los macarras, Erin suspiró de alivio al llegar al bungalow. Tras abrir la puerta de la terraza y respirar el aire del mar, tomó su móvil para llamar a Patrick.

Había tres horas de diferencia, de modo que en Nueva York serían las siete de la tarde, pero sabía que su jefe aún estaría en la oficina.

Podía oír a Striker moviéndose en su habitación, colocando la ropa que habían comprado, seguramente. Era imposible que un ser humano tuviese tan mal gusto. Pensar que quería conocer a Allan Baldwin por su dinero… era insultante.

Y luego se le había ocurrido aquella estupidez sobre el vestidito de satén. Como si fuera a ponerse algo sexy para él. ¡Ja!

Se había negado a entrar en la lencería, aterrada de las plumas y los encajes rojos que querría comprarle aquel compendio de mal gusto. En lugar de eso, cruzó la calle para tomar un café. No tenía la menor intención de cumplir el trato.

Aun así, una mirada a la bolsa que había encima de su cama la hizo sentir un escalofrío. Y la idea de quedarse en ropa interior delante de él la hizo sentir otro escalofrío.

No se sentía atraída por Striker. Para nada. En absoluto.

Sí, bueno, el chico era guapo y tenía una pinta de cavernícola que podría interesarle a algunas chicas. Pero a ella no. Ella no podía olvidar su mal gusto y sus chistes malos.

¿Qué le dice el sombrero a la corbata?
Yo voy en cabeza; tú te has quedado colgada.

Aggggg.

–¿Sí?

–Patrick, soy Erin.

–Erin, ¿qué tal la fiesta? ¿Has convencido a Allan Baldwin?

–Pues... en fin, la buena noticia es que estamos en la isla.

–Pues claro que estáis en la isla.

–Pero no fue fácil llegar hasta aquí.

–¿Hay una mala noticia entonces? –preguntó su jefe.

–Nos hemos perdido la fiesta.

–¿Qué?

–El avión aterrizó con una hora de retraso y luego tuvimos que esperar una hora para conseguir una avioneta.

–Muy bien, muy bien, ¿tenéis un plan B?

–Sí, bueno, hemos conocido a un amigo de Allan –contestó Erin.

–Estupendo. ¿Os lo va a presentar? No quiero meterte prisa, Erin, pero Charles va diciendo por ahí que quiere intentarlo de nuevo…

–¿Qué quiere intentar? Yo estoy aquí, ¿no? Charles sabe que me has encargado esta misión a mí.

–Sí, bueno, no exactamente.

–¿Qué?

–He pensado que sería mejor sorprender al Consejo de Administración cuando el asunto ya esté firmado.

–Dime que es una broma.

–No.

–Patrick…

–Tengo que irme, Erin. Buena suerte.

Y después de eso, cortó la comunicación.

Erin se quitó el vestido y se dejó caer sobre la cama. ¿Patrick estaba arriesgando tanto su puesto de trabajo como el suyo propio? No le había dicho nada al Consejo de Administración, de modo que lo mejor sería volver a Nueva York con el contrato en la mano.

Entonces sonó un golpecito en la puerta.

–¿Erin? Soy Julie.

–Entra –suspiro ella

Julie entró. Pero Striker estaba a su lado, con una sonrisa en los labios. Erin saltó de la cama, cubriéndose como pudo con las manos. Por supuesto, Julie la había visto en bragas muchas veces, pero Striker al menos podría cerrar los ojos o algo... Aquel hombre no era solo un macarra, era un sinvergüenza.

–¿Se puede saber qué haces aquí, Striker? –exclamó, poniéndose el albornoz.

–Nada, pero me has alegrado el día. Gracias.

Erin tomó la bolsa de la lencería y se la tiró a la cara.

–Bueno, pues ya has visto todo lo que tenías que ver.

–De eso nada. Aunque esto confirma que yo tenía razón.

–Estás muy guapa, Erin –rio Julie–. Ya te dije que el gimnasio haría maravillas con tu trasero.

Erin se dijo a sí misma que Striker no era más que un piloto de segunda clase. ¿Por qué iba a importarle la opinión de un hombre que compraba chaquetas de color aguacate?

Aunque la mirase como si fuera un delicioso bocadillo. Aunque el calor de su mirada la hiciese sentir como un delicioso pastel.

Su opinión no significaba nada. Nada.

Además, Julie tenía razón. Su trasero estaba estupendamente bien. Y su conjunto de braguitas y sujetador azul era monísimo.

–¿Qué queréis?

–Hemos venido para diseñar una estrategia –dijo Julie, sentándose en la cama–. ¿Has visto qué guapo está con ese pantalón y ese jersey?

–Pues claro, los he comprado yo –replicó ella, airada–. Pero aún tenemos muchas cosas que hacer. Aún no está listo.

–¿Qué más tengo que aprender? ¿Piensas obligarme a hablar con acento británico o algo así?

–Quiero enseñarte a no ser grosero y sarcástico y a no andar como si fueras un campeón de lucha libre. Por ejemplo.

–¿Has visto muchas peleas de lucha libre?

–No.

–Pues yo sí.

–No me sorprende.

–Y no andan como yo.

–¡Pero si entras en una habitación como si estuvieras a punto de colocar una bandera!

–Pues yo creo que es muy sexy –dijo Julie.

Erin la fulminó con la mirada.

–Dudo que a Allan Baldwin le parezca sexy.

–¿Te parezco sexy?

–Yo no he dicho eso.

–Pero lo has dado a entender.

–De eso nada. ¿Podemos concentrarnos en la estrategia?

–Para eso estamos aquí –sonrió Striker–. ¿Qué tal si le digo que he venido con un par de amigas y que vamos a pasarnos por su casa?

–No me parece buena idea –dijo Erin.

–¿Por qué no? Es lo más normal. Y casi es la verdad.

–Pensará que quieres algo.

–Aparte de que es verdad, quiero algo y voy a conseguirlo, ¿por qué iba a pensar Allan eso?

–Venga, por favor, el tipo encuentra una mina de diamantes y, de repente, tú apareces en su casa. Sospechará enseguida, y si sospecha de ti, sospechará de nosotras.

–Allan no es suspicaz.

–¿Y eso lo sabes porque fuisteis juntos al instituto?

Striker no contestó.

–Tenemos que hacerle creer que no buscas nada... Tenemos que hacerle creer que tienes dinero.

–¿Por qué iba a pensar que no lo tengo?

–No te ofendas, Striker, pero yo sé que no lo tienes solo con mirarte.

–¿Ah, sí?

–Sí.

–Solo con mirarme, ¿eh?

Erin lo miró de arriba abajo. Bueno, con aquel pantalón y el jersey de cachemir tenía un aspecto bastante decente. Mientras mantuviera la boca cerrada, claro.

–No es solo la ropa, es... el pelo. Cómo te sientas, cómo hablas. En fin, todo.

–¿En serio?

–Sí.

–¿Estás diciendo que Allan enseguida sabrá que quiero sacarle pasta?

–Exactamente.

–No te ofendas, Erin, pero eres tú quien quiere sacarle pasta.

–No, yo quiero que firme un contrato con mi empresa, que es muy diferente –replicó ella. Striker la miró, escéptico–. Es un contrato que nos beneficiará a los dos –añadió, irritada.

–¿Tú crees que Allan se va a creer eso?

–Pues claro.

–Sigo pensando que debería llamarlo.

–No, aún no.

–¿Aún tienes que arreglarme?

–Eso es.

–Muy bien, guapa. En ese caso, soy todo tuyo. Cámbiame, transfórmame, arréglame. Pero yo creo que esto funcionaría mejor si aparecieras delante de él sin ese albornoz.

Julie soltó una carcajada, y Erin se abrochó el cinturón como si le fuera la vida en ello.

Capítulo Cuatro

Stephen Reeves-DuCarter, representante de Reeves-DuCarter Internacional, jamás se habría quedado mirando fijamente a una mujer a la que hubiese pillado en ropa interior. Pero el piloto y cavernícola Striker sí lo haría. ¿Quién habría podido imaginar que tener poca clase sería tan divertido?

Mientras observaba a Erin moviéndose por la cocina, recordaba su imagen con aquel conjunto de ropa interior azul el día anterior... Era una chica más bien criticona, pero menudo cuerpazo.

–Intentaré conseguir una cita para las diez –estaba diciendo, con el teléfono en la mano.

Habían terminado de desayunar diez minutos antes y Julie se había ido a la playa.

–Un tipo que se llama Philippe no me va a cortar el pelo –protestó Striker–. Me lo corto yo solo.

Mentira, claro. Su madre le había llevado a las mejores peluquerías desde los cinco años, insistiendo en lo importante que era dar una buena impresión.

–No vas a cortarte el pelo tú solo –suspiró Erin–.

¿Hola? Buenos días, quiero una cita para esta mañana, si es posible. ¿No puede ser hasta el jueves? Pero... sí, entiendo. Gracias.

–¿Me lo voy a cortar yo solito? –sonrió Striker.

–No, de eso nada. Quítate el jersey.

–Sí, señora –contestó él–. Supongo que no hay muchas posibilidades de que lo hagamos en la mesa de la cocina, pero me lo quito de todas maneras.

–No pienso hacer nada contigo en la mesa de la cocina.

–Ya me lo imaginaba.

–Voy a cortarte el pelo yo misma.

–Estás desesperada, ¿verdad?

–Me pagué la universidad trabajando como peluquera, así que no hay ningún problema. Mójate el pelo mientras voy a buscar unas tijeras.

¿Se había pagado la universidad trabajando como peluquera? Striker, de repente, se sintió culpable. La había creído una niña mimada.

–¿Cómo voy a pensar como un hombre rico si tú me cortas el pelo con unas tijeras de cocina? –bromeó–. Yo creo que necesito un servicio completo.

–Sí, seguro.

–No, de verdad, esto es como el método de interpretación para los actores. Tengo que sumergirme en el papel de un hombre rico. ¿Has traído champú?

–No pienso lavarte el pelo.

–Pues entonces no me lo cortas.

–No te pongas idiota. No puedes ir a ver a Allan con esa pinta de refugiado.

–¿Ahora soy idiota?

–Sí.

–A ver, vamos a repasar esto: he dejado que me traigas hasta aquí, he dejado mi trabajo por vosotras, he dejado que me compres ropa, he dejado que me insultes, incluso voy a dejar que me cortes el pelo. Y lo único que pido a cambio es que me lo laves tú misma. ¿Eso es mucho pedir?

Erin abrió la boca y volvió a cerrarla.

–Muy bien, voy a buscar el champú.

Mientras salía de la cocina, Striker la miró, atónito. ¿Había ganado?

Unos minutos después, Erin volvía con un bote de champú y unas tijeras en la mano.

–Pon la silla de espaldas al fregadero. Y echa la cabeza hacia atrás.

Striker hizo lo que le pedía y cerró los ojos. Unos segundos después, estaba completamente relajado. Era muy agradable sentir el roce de sus dedos en el cuero cabelludo. Y el champú olía a lima.

–Así que eras peluquera.

–Sí.

–¿Y te gustaba?

–Sí, casi siempre.

–¿Qué era lo que te gustaba de ser peluquera?

–Conocer gente.

–¿Los conocías mientras les cortabas el pelo?

–Los peluqueros y los camareros son como confesores. No te puedes ni imaginar las cosas que cuenta la gente.

–¿La gente te confesaba cosas?

–Sí.

–¿Algo interesante?

–Escándalos, líos sexuales, consejos para invertir en bolsa, ya sabes.

–Cuéntame lo de los líos sexuales.

–Lo siento, es secreto profesional.

–Venga, estás retirada.

–Da igual.

–Puedes cambiar los nombres. Ellos nunca se enterarán.

–Bueno, vale –sonrió Erin–. Durante el primer año conocí a una mujer que se llamaba Thelma. Tenía una aventura con el chico que le limpiaba la piscina en casa. Me estuvo contando los detalles íntimos de la relación durante meses…

–¿Detalles íntimos? Cuenta, cuenta.

–Por lo visto, era un chico guapísimo. Pero todo terminó cuando se cambió el color del pelo. Su marido se negaba a que siguiera tiñéndoselo de rojo. Según él, la culpa de la aventura la tenía el color del pelo. Yo creo que fue culpa mía que se divorciaran.

–¿Y eso?

Erin seguía frotándole suavemente el cuero cabelludo y Striker tuvo que tragar saliva.

–Porque unos meses después le di reflejos dorados.

–No tienes vergüenza.

–Y entonces tuvo otra aventura. Yo siempre pensé que el marido estaba loco, pero puede que tuviera razón.

–Sí, claro, esa mujer tenía aventuras por los reflejos –dijo Striker, irónico.

–Nunca se sabe.

–¿Has pensado alguna vez teñirte el pelo de rojo?

–¿Quieres que te aclare el pelo con agua fría?

–Mira que eres mala.

–Eso te pasa por coquetear conmigo.

–No estaba coqueteando, estaba siendo simpático.

–Ya.

–Oye, que no te estoy tocando. Tú, por otro lado...

–Esto se ha terminado –dijo Erin, abriendo el grifo.

–No tienes corazón.

–Desde luego que no –Erin le aclaró el pelo y luego se lo secó con una toalla. Durante todo el proceso, Striker no pudo evitar poner cara de tonto–. Bueno, vamos a cortarlo.

–¿Seguro que sabes lo que haces?

–Claro que sí. En unos minutos te habré cortado todo lo que sobra.

–Por favor, no digas eso mientras tienes un objeto cortante en las manos.

Erin tuvo que disimular una sonrisa.

–Ese es otro ejemplo del tipo de broma que no debes hacer delante de Allan.

–Pero a ti te ha gustado.

–Ha sido un momento de debilidad –suspiró ella.

Mientras le pasaba los dedos por el pelo, Striker tuvo que tragar saliva. Cada vez que lo tocaba se volvía más sensible. Y estaba empezando a pasarlo realmente mal.

–¿Qué le dice la alfombra al suelo?

–No, por favor, que tengo unas tijeras en la mano.

–No, no es eso. «No te muevas, te tengo cubierto».

–Por favor, Striker, corta el rollo.

–Bueno, bueno, solo era una broma.

Y no había conseguido enfriarlo en absoluto. El roce de los dedos de Erin en su pelo lo estaba poniendo malo. Y cuando le empujó la cabeza hacia delante para cortarle la parte de detrás tuvo que cruzar las piernas.

Menudo problema.

–No te muevas o te dejaré una calva.

Striker se imaginaba a sí mismo diciéndole cosas al oído. Imaginaba a Erin reaccionando, besándolo.

Podía pasar. Al fin y al cabo, era una mujer. Desde Los Ángeles a Singapur, a todas las mujeres les gustaba que un hombre les dijera cosas bonitas al oído.

Y entonces ocurrió algo terrible. Erin se colocó delante de él. Delante de él. Sentado como estaba, su pecho quedaba a la altura de los ojos...

¿Esa chica sabía lo que estaba haciendo?

Tenía que saber cómo reaccionaría un hombre. Si de verdad fuera el cavernícola que ella creía...

Striker lo pensó.

¿Por qué no?

Desde luego, sería comportarse como ella esperaba que lo hiciera.

La besaría y, al menos, sabría cómo era. Erin le daría una bofetada, naturalmente. Y él juraría no volver a intentarlo.

Fin de la historia.

De modo que Striker la tomó por la cintura y la sentó sobre sus rodillas.

–¿Se puede saber qué...?

–Yo he dejado que me cortases el pelo. Ahora me toca a mí pasarlo bien.

Erin estaba excitada. Seriamente excitada. Eso era lo que pasaba por tontear con un hombre. Una buena razón para dejar de hacerlo.

Pasarle los dedos por el pelo a Striker la había excitado sin remedio, no sabía por qué. Y ahora estaba sentada sobre sus muslos, unos muslos durísimos. Llevaba el torso desnudo, sus pectorales y sus bíceps eran sólidos como piedras... Se había afeitado y, sin sombra de barba, tenía un aspecto casi aristocrático. Nada que ver con el tipo que contaba chistes malos.

Sus ojos eran azules y tenía una diminuta cicatriz encima de la ceja derecha…

Sin poder evitarlo, Erin levantó una mano para tocarla.

–Una pelea en un bar –dijo Striker.

Ella asintió, recordándose a sí misma qué clase de hombre era Striker Reeves. Una pelea en un bar, claro. Era de esperar. Y, sin embargo…

«Bésame».

No podía dejar de pensar eso. Y, como si él lo hubiera oído, la envolvió en sus brazos, aplastándola contra su torso. Erin abrió la boca, invitándolo, y su lengua se enredó con la de ella. El asombroso beso siguió y siguió hasta que, de repente, Erin se apartó unos milímetros para respirar.

–¡Ay!

Erin miró su hombro y vio que había un hilillo de sangre. ¡Lo había cortado con las tijeras en medio del ataque de pasión!

–Oh, no, no, lo siento… te he clavado las tijeras.

–Lo sé. Me las estabas clavando, pero he aguantado todo lo que he podido.

–Ay, por favor. ¿Te he estado clavando las tijeras todo el tiempo?

–Sí, pero es que estaba disfrutando tanto de besarte…

Ella lo miró, incrédula. ¿Tenía unas tijeras clavadas en el hombro y no había dicho nada?

A toda prisa, se levantó para buscar un paño.

–No sabes cuánto lo siento, Striker. De verdad. No me he dado ni cuenta...

–No pasa nada.

–Tengo que ponerte una venda o algo...

–De verdad, no es nada.

–Pero estás sangrando.

–Menos mal que me he quitado el jersey, ¿no?

Erin arrugó el ceño. ¿De verdad pensaba que solo le importaba el jersey?

–Erin, era una broma.

–¿Crees que habrá que darte puntos?

–No, qué va. Ya casi no sangra. ¿Qué tal me ha quedado el pelo?

–¿El pelo? ¿Quieres que vaya a buscar un espejo?

–Puedo andar.

–No sabes cómo lo siento, en serio.

–No te preocupes. Solo es un cortecito de nada –sonrió él, levantándose.

–Pero...

Striker le tomó la cara entre las manos.

–Es solo un corte sin importancia. Además, ha merecido la pena.

Erin sintió que se le doblaban las rodillas. Aquello era lo más sexy que alguien le había dicho nunca. Y se lo había dicho Striker.

La puerta del bungalow se abrió entonces y

Julie apareció con un pareo y el pelo sujeto en una coleta. Ya empezaba a estar bronceada.

–No es que me importase quedarme aquí unos días más, pero ¿habéis llamado a Allan? –preguntó, abriendo la nevera para sacar una botella de agua–. Ah, te ha quedado muy bien el pelo. ¿Qué más cosas te va a hacer Erin?

–Francamente, estoy deseando saberlo –contestó él.

Erin, avergonzada por el beso y por el corte, tomó la guía telefónica.

–Sí, llamar a Allan es buena idea.

Se había distraído por un momento. Pero si Charles estaba dispuesto a conseguir el contrato, tenía que ponerse en marcha.

–Lo que tú digas, jefa –murmuró Striker.

Debía sentirse orgulloso de sí mismo. Había actuado como un cavernícola y ella había respondido. No sabía cómo iba a vivir consigo misma a partir de aquel momento.

Erin dio un paso atrás mientras le daba el número de teléfono.

–Allan Baldwin, por favor –dijo Striker–. De parte de Striker Reeves.

Mientras hablaba, Erin se concentró en sus labios, tragando saliva. Bueno, debía calmarse, no era para ponerse tan nerviosa. Tampoco había sido un beso tan apasionado.

¿O sí? La verdad era que no lo recordaba bien, como si hubiera estado en trance.

–Hola, Allan, ¿qué tal?

Pero había sido un beso poderoso. Eso no podía negarlo.

–Tienes razón, hace siglos. Estoy aquí, en la isla.

Pero Striker no era su tipo. No podía serlo.

–Con un par de amigas –siguió diciendo él, al teléfono–. Habíamos pensado pasarnos por tu casa esta noche.

Erin se quedó inmóvil.

–¿Sí? Ah, estupendo.

Erin contuvo el aliento.

–A las siete, genial. Nos vemos allí.

–¿Ha dicho que sí? –exclamó Julie.

–Nos ha invitado a cenar.

Erin sintió como si una piedra le cayera en el estómago. Striker con el tenedor equivocado, bebiendo vino de la copa de agua. Quizá poniéndose la servilleta en el cuello y usando un palillo...

–¿Seguro que podrás hacerlo?

–Ningún problema. Llevo zampando toda mi vida –contestó él.

¿Zampando?

–Creo que es hora de tomar medidas drásticas.

Capítulo Cinco

Por «medidas drásticas», descubrió Striker, Erin quería decir lecciones de etiqueta. Se había pasado la tarde diciéndole cómo usar los cubiertos y él se había pasado la tarde fingiendo que prestaba atención.

Pero la realidad era que no podía dejar de pensar en el beso.

Ahora, con su nuevo traje y sintiéndose satisfecho consigo mismo, sonrió mientras la observaba avanzar por el camino que llevaba a la casa de Allan, con Julie a su lado.

La había besado. Y ella le había devuelto el beso.

No le había dado una bofetada. Ni mucho menos.

Quizá debería sentirse culpable por no decirle la verdad, pero estaba demasiado ocupado disfrutando al pensar que ella le había devuelto el beso. Aunque no supiera que era rico, aunque nunca hubiera visto su avión privado, aunque actuase como si no tuviera el menor interés por él.

Era muy divertida. Y guapísima.

Especialmente por detrás.

Julie había vuelto a ponerse el vestido negro, pero Erin llevaba un vestido de seda color rosa palo con escote en uve. Aunque no podía verle el escote porque lo llevaba tapado con una especie de chal, la tela del vestido se le pegaba a las curvas… y qué curvas. Sus hombros desnudos eran suaves y sedosos; los brazos largos y delgados; y el pelo brillante parecía acariciarle la espalda.

Striker estaba viendo mil sitios donde le gustaría besarla.

Bueno, una vez que la desarmara, pensó, moviendo el hombro.

Subieron los escalones de una enorme casa de estilo colonial y llamaron al timbre. Striker había esperado que un mayordomo abriese la puerta, pero fue el propio Allan quien los recibió.

–¡Striker! Cuánto me alegro de volver a verte.

Él le apretó la mano.

–Uno tiene que tomarse vacaciones alguna vez.

–¿No prefieres irte a Londres?

–No, me han dicho que esta isla es lo mejor del mundo.

Allan miró a Julie.

–Pues has oído bien.

–Te presento a Julie Green y a Erin O´Connell. Son amigas mías.

–Encantado de conoceros –sonrió Allan–. Pasad, por favor.

El vestíbulo, con un techo altísimo, se abría a un salón enorme. Aunque Striker había estado en muchas mansiones, se quedó impresionado con aquella.

Era abierta y espaciosa, con paredes de cristal que daban a un acantilado en un lado y a un enorme jardín con piscina en el otro.

–¿Sois de Seattle?

–No, de Nueva York –contestó Erin.

–Ah. ¿Striker os trajo a la isla?

Erin asintió con la cabeza.

La sonrisa de Allan se volvió…

Oh, no, Striker no había pensado en eso. ¿Allan creía que las había llevado para pasar un buen rato?

Aunque Erin y Julie no eran la clase de chicas con las que solía salir. De hecho, Allan debía estar impresionado. Pero Erin no.

–Son amigas mías –insistió, poniendo énfasis en la palabra.

–Sí, sí, claro –sonrió Allan, que no parecía haber entendido. Y Striker no sabía si reír o llorar. Aquello podía ser una complicación–. ¿Alguien quiere beber algo? ¿Un cóctel, un martini, una copa de vino?

–Vino, por favor.

–¿Blanco o tinto?

–Lo que tú tomes –sonrió Julie.

Allan hizo un gesto hacia el pasillo.

–¿Quieres venir conmigo a la bodega? Así me ayudas a elegir el vino.

–Sí, claro.

–¿Hay alguien más interesado en ver la casa?

Erin iba a decir que sí, pero Striker le puso una mano en el brazo.

–No, os esperamos aquí.

Cuando desaparecieron, Erin se volvió hacia él.

–¿Por qué has hecho eso?

–Tenemos que hablar.

–¿De qué?

–Tenemos que inventarnos una historia –dijo Striker.

–Ya tenemos una historia.

–Pero no es lo suficiente buena.

–¿Y ahora me lo dices?

–No se me había ocurrido…

–¿Qué?

–Tenemos que fingir que somos amigos de verdad, que nos conocemos desde hace tiempo.

–¿Por qué?

–Pues, verás, es que yo tengo cierta reputación…

–¿Y?

–En el instituto… en fin, yo tenía fama de conquistador.

–¿Y por eso no puedo bajar a la bodega con Allan?

Striker se aclaró la garganta.

–En el instituto ligaba con chicas porque tenía un Mustang. Y luego, de mayor, con la avioneta…

–Y…

–Pues que ligaba con ellas.

–¿Me estás diciendo que eres uno de esos ligones empedernidos?

–Bueno…

Sí. Lo era.

–Algo así.

–¿Y tenemos que hablar de esto ahora precisamente?

–Es que me parece que Allan ha pensado…

Erin lo miró, horrorizada.

–¿Qué nos has traído aquí en plan parejas?

–Sí. Me temo que sí.

–Ah, perfecto. Sencillamente perfecto.

–Pero creo que puedo solucionarlo.

–¿Cómo? Por favor, te pido ayuda para que Allan no piense que queremos coquetear con él y ahora resulta que…

–Le diremos que nos conocemos desde hace meses. Que somos amigos de verdad.

–¿En lugar de amantes temporales?

–Eso es.

–¿Y tú crees que lo creerá?

–Bueno, al fin y al cabo, no somos amantes, ¿no?

–¡Pues claro que no!

–El único problema es…

–¿El único problema?

–Que tú eres muy guapa. No sé si Allan se va a creer que no te he tirado los tejos.

Erin dejó escapar un suspiro.

–¿Qué voy a hacer contigo?

–Para empezar, no me lo pongas tan fácil.

–Striker…

–Erin…

–Esta mañana…

–Mira, lo que pasó, pasó. Y no tiene sentido fingir que no pasó nada.

–Solo fue un beso. No significa nada.

–Si no hubiera significado nada, no sería un problema.

Erin no lo negó. Se quedó mirándolo a los ojos y Striker tuvo que hacer un esfuerzo para no volver a besarla allí mismo.

–Muy bien. ¿Cómo nos conocimos?

–¿Eh?

–La historia que vamos a contarle a Allan.

–Ah, sí, es verdad. Nos conocimos en Nueva York.

–¿Has estado en Nueva York?

–Sí.

–¿Dónde?

–En el River.

–¿Has estado en el River? Pero si es el restaurante más caro…

Striker vaciló.

–Bueno, lo he visto en televisión.

–Ah, bien.

Entonces, oyeron la risita de Julie en el pasillo.

–Hemos traído un estupendo *merlot* y un *beaujolais* –dijo Allan, levantando las dos botellas–. Y el cocinero está haciendo *filet mignon* para los cuatro.

Striker era un ligón empedernido. ¿Por qué no la sorprendía?

Le pegaba mucho, claro. Por eso besaba tan bien, tenía experiencia. Desde el instituto. Y ahora que sabía su pequeño secreto, le sería mucho más fácil olvidarse de él.

Cenaron en un comedor con paredes forradas de madera y extraordinaria vajilla de porcelana. El vino era excelente, la carne en su punto y la panorámica maravillosa.

Y ella estaba aprovechando la oportunidad con Allan porque ya no le preocupaba Striker. Solo era un hombre, uno de esos que se pasan el fin de semana ligando con unas y con otras sin importarle nada más. Solo le preocupaba conquistar a una mujer y después, nada. Era repugnante.

–... y fue entonces cuando conocí a Erin en Nueva York –estaba diciendo en ese momento.

–¿No os habíais conocido el lunes? –preguntó Allan, volviéndose para mirar a Julie.

–Sí, a Julie la conocí el lunes. Erin y yo nos conocimos en Nueva York hace meses. ¿Dónde fue? En ese restaurante cerca del puente de Brooklyn...

–El River.

–Ah, sí, es verdad. Tú pediste pechuga de

pato y yo no te pude convencer para que pidieras la *crème brûlée*. Nos presentó Derek.

–Ah, Derek. ¿Cómo están tus hermanos?

–Tyler acaba de casarse –contestó Striker.

–¿En serio?

–En el mes de julio.

–¿Y Derek?

–Derek no está casado. Dudo que lo soporte ninguna mujer.

–Me sorprende que no…

–¿Y tú? –lo interrumpió Striker–. ¿Qué tal va el asunto de los diamantes?

Erin le dio una patada por debajo de la mesa. Había planeado una sorprendente epifanía para después de la cena: «Ah, ¿no me digas que tú eres «ese» Allan Baldwin. Qué sorpresa. Julie y yo trabajamos en el negocio de las joyas».

Pero ¿cómo iba a fingir sorpresa si Striker sacaba el tema de los diamantes mientras estaban cenando?

–Esta semana no son los diamantes lo que me interesa. De hecho, acabo de hablar con el asesor de Green Ice…

–Cuidado, no nos cuentes secretos profesionales –lo interrumpió Striker.

Erin volvió a darle una patada.

–La mina número cuarenta y cuatro tiene unas gemas de grandes cualidades –siguió Allan, tomándoselo por completo a broma–. Han encontrado algunas sin defecto alguno, incluso un trapiche.

Julie levantó la cabeza como un perdiguero oliendo una presa.

–¿Un trapiche fuera de Colombia?

–¿Qué es un trapiche? –preguntó Striker.

–Una esmeralda con inclusiones en forma de seis nervios –contestó Julie.

Allan asintió con la cabeza.

–¿Y cómo es posible que la hayáis encontrado?

–Ha sido una sorpresa para todos... –Allan y Julie se pusieron a hablar sobre la esmeralda y Striker se inclinó hacia Erin.

–Si vuelves a darme una patada, te obligaré a que me des un beso en la pupita.

La imagen hizo que Erin sintiera un escalofrío.

–... veo que sabes mucho acerca de esmeraldas –estaba diciendo Allan en ese mismo momento.

Julie tomó un sorbo de vino.

–Sí, bueno, es que me gustan bastante las joyas.

–Está sin cortar. ¿Quieres verla?

Julie se atragantó, y Allan tuvo que darle unos golpecitos en la espalda.

–¿Está aquí?

–En mi caja fuerte.

–¿Quieres casarte conmigo?

Allan sonrió mientras se levantaba de la silla.

–Esa es una oferta que no me hacen todos los días. Vuelvo enseguida.

***

En cuanto se marchó, Erin se volvió nerviosa hacia Striker.

–¿Qué estás haciendo?

–¿Yo? Eres tú la que me está dando una paliza por debajo de la mesa.

–Le has preguntado por los diamantes.

–¿Y?

–Pues que ahora tendremos que decirle quiénes somos lo antes posible... ¿es que no te das cuenta?

–Pues díselo.

–No puedo.

–¿Por qué?

–Porque ese no era el plan. Apenas lo conocemos. Y ni siquiera sé el precio que puedo ofrecerle por las esmeraldas. Tengo que hablar con mi jefe y...

–¿Chicos? –los interrumpió Julie–. Aunque este es el mejor momento de mi vida porque no se ve un trapiche todos los días...

–No podéis usar nada de lo que Allan os cuente esta noche –la interrumpió Striker de inmediato.

–¿Qué? ¿Crees que me dedico al tráfico de secretos profesionales? –le espetó Erin, mostrándose indignada.

Julie se aclaró la garganta.

–Antes de que vuelva, yo creo que debéis contarme por qué habéis mentido sobre lo de Nueva York.

–Necesito que me deis vuestra palabra –insistió Striker–. No podéis compartir con nadie lo que Allan os cuente esta noche antes de decirle quiénes sois en realidad. No me gusta jugar sucio.

–¿Nueva York? –insistió Julie.

–Quiero que me deis vuestra palabra.

–Muy bien, de acuerdo. Tienes mi palabra. Soy una compradora, no una inversora –suspiró Erin.

–¿Julie?

–Yo también, yo también. ¿Nueva York?

–Mentimos porque Allan cree que Striker nos ha traído aquí para pasar un buen rato –dijo Erin–. Por lo visto, nuestro Striker tenía cierta reputación en el instituto –continuó en tono sarcástico.

Julie levantó una ceja.

–Ah, eso explica lo de la bodega.

–¿Qué ha pasado en la bodega?

Antes de que Julie pudiera contestar, aunque tenía una sonrisa en los labios que lo decía todo, Allan volvió a aparecer en el comedor con una caja de terciopelo azul.

–Sois los primeros en verla, además del Consejo de Administración. También me han enviado un par de esmeraldas perfectas.

–Mi reino por una lupa –murmuró Julie, alargando la mano para tocar las gemas.

–De verdad, deberías pensar seriamente en buscar un marido rico –bromeó Allan.

Ella lo miró, con una pícara sonrisa en los labios.

–¿Qué crees que estoy haciendo?

Allan sonrió mientras le pasaba la cajita a Striker y Erin.

Erin no era una experta, pero había visto suficientes gemas como para saber lo que debía valer aquello. Los diamantes de Allan eran famosos por su espectacularidad y majestuosidad. Y aquellas esmeraldas pondrían el mundo de las joyas patas arriba.

Sabía que debería decirle de inmediato quién era, pero necesitaba tiempo para pensar. No podía desperdiciar aquella increíble oportunidad.

–¿Tomamos café en el jardín?

–Sí, claro.

Mientras Allan y Julie salían al jardín, Striker la tomó del brazo.

–Tienes que decirle quiénes sois.

–Aún no.

–Vais a meteros en un lío.

–Antes tengo que hablar con mi jefe.

–Yo no soy un experto…

–Desde luego que no.

–Pero me parece que, para que esto funcione, Allan tiene que confiar en vosotras.

–Y lo hará.

–Pues no se lo estás poniendo fácil.

–En la vida nada es fácil –replicó Erin–. Hay que equilibrar las cosas. Sinceridad total contra intereses estratégicos.

Striker le puso una mano en la cintura.

–En eso tienes toda la razón.

Capítulo Seis

Sinceridad total contra intereses estratégicos.

Striker pensó en esas palabras mientras observaba a Erin moverse por la cocina. Habían vuelto al bungalow dando un paseo por la playa y Julie había decidido darse una ducha.

Erin había decidido hacer café.

Striker había decidido mirarla.

Se había quitado el chal, que le ocultaba el escote, y el vestido de seda brillaba bajo la luz de la luna. Iba descalza, se movía de un lado a otro sin hacer ruido.

–¿Quieres que te diga algo con total sinceridad?

–Sí, claro.

–Estás preciosa a la luz de la luna.

–Eso ha sonado más como un interés estratégico –sonrió Erin.

–¿Tú crees?

–Sí.

–Muy bien. Dime qué es un interés estratégico.

–Lo que uno busca. El objetivo. El fin de algo. Olvidas que tu reputación te precede, Striker.

–Ah, claro. ¿Te he dicho alguna vez que nunca he fracasado?

–Era de imaginar.

–Y hay razones para ello.

–No me digas.

–Soy la máquina del amor –dijo él entonces, como si de verdad fuera uno de esos horribles ligones de discoteca.

–Por favor, dime que esa frase horrenda no funciona con mujeres de verdad.

–No lo sé. No la había dicho nunca.

–Pues dime alguna que suelas usar.

–¿Quieres dar una vuelta en mi avión?

Por Dios. ¿De verdad había usado esa frase?

–Eres la mujer más guapa que he visto en mi vida.

–No es muy original.

–Pero si la dices con total sinceridad, es un clásico.

–El problema es que sé lo bien que mientes –sonrió Erin.

–Ah, ya. Pero eres la mujer más guapa que he visto en toda mi vida.

–No va a funcionar, Striker.

–¿No?

–No, así que ni lo intentes siquiera.

–Pareces muy segura de ti misma.

–Lo estoy.

–Muy bien, tú ganas –asintió Striker.

–¿Ah, sí?

–¿Decepcionada?

–Sorprendida.

Él le quitó la cafetera de las manos y sirvió dos tazas.

–¿Por qué no nos sentamos? Pareces algo cansada.

–¿De verdad?

–Sí.

Julie apareció en ese momento envuelta en un albornoz y con una toalla en la cabeza.

–¿Quieres un café, Julie?

–Sí, gracias.

–Bueno, ¿estáis contentas por lo de esta noche? –preguntó Striker.

–Allan ha aceptado cenar aquí mañana –le recordó Erin.

–Y tú has aceptado quedarte un día más –le recordó Julie–. Esto me recuerda las citas dobles en el instituto.

–No es una cita –protestó Erin–. Es una cena de trabajo.

–¿Vas a decírselo a Allan? –preguntó Striker.

–Se lo diré en cuanto tenga oportunidad.

–Pues no esperes mucho.

En lugar de responder, Erin se volvió hacia Julie.

–Tengo que llamar a Patrick mañana a primera hora para hablar de las esmeraldas. Tú tendrás que darle los detalles técnicos.

–Creo que la definición técnica para esas esmeraldas es: «son la leche».

Erin sonrió.

–Intentaré recordarlo.

–¿Azúcar? –preguntó Striker.

–No, yo lo tomo solo –murmuró Erin.

–Ay, ya empiezo a sentirme más civilizada –suspiró Julie–. Por favor, recordadme que no vuelva a caminar por la playa con tacones.

–¿Por qué no has dicho nada? –preguntó Striker–. Podríamos haber llamado a un taxi.

–¿Y perdernos el paseo con Allan? ¿Crees que somos tan blandas? –exclamó Erin.

Julie se inclinó para frotarse los doloridos pies.

–Yo sí.

–¿Te duelen los pies? –preguntó Striker–. Espera, voy a darte un masaje. Hice un curso de reflexología.

–¿En serio?

–Relájate, soy un profesional.

Striker miró a Erin de reojo, esperando verla con cara de envidia.

No tuvo suerte.

–¿Qué vamos a hacer de cena mañana? –preguntó.

–¿Podemos usar el microondas? –preguntó Julie.

–Tenemos que impresionarle, Julie –suspiró Erin.

–¿Qué tal si vamos a un restaurante? –sugirió Striker.

–No, necesitamos estar a solas.

–¿Y si contratamos a un cocinero profesional?

–preguntó Julie–. Yo soy un desastre total en la cocina.

–No hay tiempo.

–Yo sé hacer salmón con salsa de eneldo –se ofreció Striker.

Erin y Julie lo miraron, sorprendidas.

–¿Sabes cocinar?

Bueno, salmón con salsa de eneldo era lo único que sabía hacer, pero a las mujeres les gustaba ver a un hombre en la cocina.

–Me encanta cocinar.

–Y a mí me encanta el salmón con salsa de eneldo –sonrió Julie–. Por cierto, si no hubiera pedido la mano de Allan esta noche, te la pediría a ti ahora mismo.

–¿Tienes por norma no pedir la mano dos veces en una misma noche?

–Por desgracia, sí.

De nuevo, Striker miró a Erin de reojo para ver cuál era su reacción. Nada.

–Voy a traer un cuaderno para apuntar todo lo que tenemos que comprar mañana –dijo, levantándose.

Nada, no le hacía ni caso.

–No estarás intentando seducirme, ¿verdad, Striker? –sonrió Julie cuando Erin desapareció por la escalera.

–¿Por qué no?

–Porque no pareces de esos a los que les gustan los *ménage á trois*.

–*Excuse moi?*

–Por favor, si te pones de los nervios cada vez que miras a Erin –dijo Julie en voz baja.

–No digas bobadas.

–Oye, que a mí me parece estupendo. Yo creo que a Erin le sentaría bien un revolcón.

Striker levantó las cejas.

–Pero está demasiado obsesionada con el trabajo –siguió Julie.

–¿Ah, sí?

–Yo estoy aquí para pasarlo bien. Ella no habría venido si esto no fuera una buena oportunidad.

–¿Quiere ascender en la escala profesional?

–Erin quiere que la respeten.

–¿Y tú? ¿Vas a conseguir un ascenso por esto?

–El mío es un trabajo técnico. No estoy en la línea de sucesión.

–¿Y Erin sí?

–Claro –contestó Julie, moviendo los dedos de los pies–. ¿Y tú qué? ¿A qué te dedicas en realidad?

–¿Qué quieres decir?

Julie le señaló la corbata.

–Bonito nudo Windsor. Y sabías el mejor año de un *beaujolais*... y no has tenido ningún problema con los cubiertos.

–Erin es buena profesora.

–¿Y el nudo de la corbata?

Striker miró hacia abajo.

–Lo aprendí en la universidad.

–Sí, seguro.

Erin apareció entonces en el salón.

–He visto un mercado cerca de la tienda donde hemos comprado el traje. Mañana tendremos que pasarnos por allí.

Striker miró a Julie, preocupado.

Pero ella sonrió, haciendo como que se cerraba una cremallera en los labios.

–Muy bien –Erin levantó la mirada de la lista para observar a Striker, que seguía dándole un masaje a Julie–. Lechuga, maíz, mango y nueces para la ensalada. ¿Qué hace falta para hacer el salmón?

–Salmón –contestó Striker.

–Muy gracioso. ¿Qué más?

Julie bostezó entonces.

–Yo estoy agotada, chicos. Me voy a dormir. ¿Os importa hacer la lista solos?

–Sin problema –contestó Striker.

–No, claro que no –dijo Erin.

–Ahora te toca a ti.

–¿Qué?

–El masaje. ¿No quieres que te dé un masaje en los pies?

–Sí, que te lo dé –sonrió Julie, levantándose–. Serás una mujer nueva, te lo aseguro. Es un buen masajista.

–No…

–O me das el pie o no te diré los ingredientes para el salmón.

–¿Por qué contigo todo es un ultimátum?
–Porque eres una cabezota.
–Buenas noches, niños –se despidió Julie.
–Buenas noches –suspiró Erin, levantando un pie.
–Buenas noches, Julie, que duermas bien –sonrió Striker, masajeándole suavemente la planta.
La sensación era tan exquisita, que Erin tuvo que contener un gemido.
–¿El primer ingrediente?
–Mantequilla.
–Bien –murmuró ella, anotándolo en el cuaderno.
–Nata –siguió Striker.
–Lo tengo.
–Eneldo.
A Erin empezaban a temblarle los dedos.
–Vino blanco.
–Mmm. ¿has dado masajes como profesional?
–No.
–Pues ganarías una fortuna.
–Te duele la cabeza, ¿verdad?
Le dolía y mucho. ¿Cómo lo sabía?
–Es por el estrés.
Striker siguió masajeando una zona determinada del pie, con más suavidad.
–No te puedes imaginar lo curativa que es la reflexología. ¿Te importa si te muevo?
–¿Eh?
Striker la tomó en brazos.

–¿Qué haces? –exclamó Erin.

–Voy a tumbarte en el sofá del porche y a ponerte un cojín debajo de la cabeza. Así podrás relajarte por completo.

–Pero...

–¿Es que tienes que protestar por todo?

–Bueno, de acuerdo.

Striker la dejó en el sofá del porche.

–¿Puedes ver las estrellas?

–Sí, claro.

–¿Quieres que ponga música?

–No –contestó ella, suspicaz.

Striker siguió masajeándole los pies, despacio, tomándose su tiempo, haciendo que ella creyese estar en el cielo.

–Es importante que mantengas el cuello relajado mientras hago esto.

–Muy bien.

–Deja el cuaderno.

–Muy bien.

No pensaba protestar. Le gustaban demasiado los dedos mágicos de Striker.

Unos minutos después, el dolor de cabeza casi había desaparecido del todo.

–Date la vuelta.

Erin abrió los ojos. Striker estaba prácticamente encima de ella. Y, a la luz de las velas, resultaba un hombre muy atractivo.

–¿Para qué?

–Voy a darte un masaje en el cuello.

–¿Por qué haces esto?

–Date la vuelta. ¿Por qué hago qué?

–Esto. Darme un masaje.

–¿Por qué no iba a hacerlo?

–En fin, sé que no soy precisamente agradable contigo.

–Porque estás estresada. Además, espero que seas más amable cuando te desaparezca el dolor de cabeza.

Erin soltó una risita.

–Yo que tú no contaría con ello. Solo me duele desde hace un par de horas.

–Soy optimista –dijo Striker, presionando los músculos en la base del cráneo.

–Ay.

–Relájate.

–Lo estoy intentando.

–Los músculos que rodean los vasos capilares están muy tensos. Si consigo que te relajes, el dolor se irá.

–¿Además de piloto eres médico?

–No, pero he jugado a los médicos un par de veces.

–¿Un par de veces? Qué modesto.

Striker rio, bajito. Una risa muy masculina, muy tentadora.

–Bueno, cuéntame por qué te dedicas a las joyas.

–Estudié Económicas y Geología.

–¿Y entrar en el negocio de la joyería era lo que querías?

Erin negó con la cabeza.

–Relájate –insistió él.

–Vi un anuncio en el periódico y solicité el puesto.

–¿Así de sencillo?

–Así de sencillo. ¿Quién iba a imaginar que me gustaría tanto?

–¿Y qué es lo que te gusta?

–Todo, viajar, conocer gente interesante, hacer tratos con los vendedores de gemas, ayudar a los diseñadores a hacer creaciones más vanguardistas... ayudo a la gente a celebrar los grandes momentos de su vida.

–Pues parece que has elegido la profesión adecuada.

–Desde luego.

Striker empezó a masajearle la nuca, y Erin dejó escapar un gemido.

–¿Te duele?

–Se me pone el cuello tenso cuando estoy mucho tiempo delante del ordenador.

–Ah, claro. ¿Erin?

–¿Sí?

–¿Puedo seguir hacia abajo?

–Sí.

«Claro, por favor, no pares».

Striker le retiró las tiras del vestido con suavidad.

–No te muevas –murmuró, tirando del vestido hacia abajo. Cuando la tela le rozó los pezones, Erin contuvo el aliento.

–¿Bien?

–Sí, sí –contestó ella, casi con débil hilo de voz.

Su piel era supersensible y, de repente, imaginó las manos de Striker sobre sus pechos...

Él siguió masajeando la zona del cuello y luego empezó a bajar por la espina dorsal. Sus dedos eran firmes y seguros, y los músculos de Erin no podían decidirse entre relajarse o entrar en éxtasis.

Ella respiró profundamente, notando de repente el aroma de su colonia por primera vez. Las luces de las velas se movían suavemente con la brisa, bañando el porche con su tenue luz. Los dedos de Striker se movían con firmeza y seguridad.

Erin no sabía cómo sería el cielo, pero estaba segura de que se parecía mucho a aquello.

El aliento de Striker le acariciaba la espalda con suavidad.

Sus labios irían después.

Estaba segura de que le pondría los labios en la espalda.

No podía ser ella la única que estuviera sintiendo aquello. Él no podía estar haciéndole aquello y no darse cuenta.

Entonces, sintió sus manos por encima de las nalgas y sintió también que la respiración de Striker se hacía más intensa.

¿Sería una señal?

¿Estaría sintiéndolo él también?

Tenía que ser así.

«Bésame, bésame, bésame».

Erin esperó, casi sin respirar. Pero él siguió con el masaje.

Entonces volvió la cabeza y dijo su nombre en voz baja.

–¿Eh?

Striker se detuvo. Los ojos le brillaban de pasión, eran de un azul oscuro como el mar.

Sin pensar, Erin se dio la vuelta.

Él la miró durante un segundo. Le miró primero los pechos y luego la boca. Y entonces se inclinó y sus labios se apretaron contra los de Erin.

El beso era como lo recordaba, como lo había imaginado.

Erin levantó los brazos para enredarlos alrededor de su cuello y él la tomó por la cintura, apretándola contra su torso.

«Mejor», pensó Erin. Eso era exactamente lo que quería. Lo deseaba apretado contra ella, encima de ella, dentro de ella.

Experimentaba una avalancha semejante de deseos que exigían una satisfacción inmediata, no podía esperar más.

Sus besos se hicieron más apasionados, más ardientes. La besaba en los labios, en el cuello, en las mejillas, en los párpados.

–Striker...

–Mmm. Eres deliciosa –murmuró él, apretándole uno de los pezones entre el índice y el pulgar.

Erin suspiró lánguidamente. Quería más. Necesitaba estar más cerca de él, necesitaba sentir su piel. Alargó la mano para deshacerle el nudo de la corbata…

–¿Striker? –lo llamó. Necesitaba su ayuda.

Capítulo Siete

Striker tiró de la corbata para soltar el nudo y se la quitó por encima de la cabeza. Cayó entre los pechos de Erin y, al verlo, tuvo que cerrar los ojos.

Luego le desabrochó los botones de la camisa, quitándosela a toda velocidad para estar piel contra piel. Tan suave, tan cálida.

Striker la apretó con fuerza, casi aplastándola, besándola cuando la oyó gemir de placer. Mientras la besaba, se decía a sí mismo que debía ir despacio y dejar de actuar como un adolescente. Pero no sirvió de nada.

Por primera vez en su vida, una mujer lo deseaba a él y solo a él. Erin no sabía nada de su dinero, ni de su familia, de su pasado, de su presente…

Y le habría gustado gritarlo a los cuatro vientos.

–Striker…

–Erin...

–Te deseo.

–Yo también.

–Ahora.

–Ah, sí.

Striker metió la mano bajo el vestido para quitarle las braguitas.

–Erin... –murmuró, incapaz de creer que estaba tumbada a su lado, maravillosa, sexy, increíble.

Le metió una mano entre las piernas, acariciándole el interior de los muslos mientras la miraba a los ojos. Cuando llegó al triángulo de vello entre los muslos, ella cerró los ojos y sus labios se abrieron en un expresivo suspiro.

–Sí –musitó, levantando las caderas.

Striker sintió una ola de emoción que casi lo ahogaba; algo que no había experimentado nunca. Ni haciendo el amor, ni volando, ni haciendo ninguna otra cosa.

Erin era especial, diferente a las demás mujeres que había conocido.

Y él la estaba tratando como...

Striker se detuvo, algo frío y duro se le instaló en el pecho.

¿Tratándola como qué? Como había tratado a las demás mujeres.

¿Qué demonios estaba haciendo?

–¿Striker?

–Lo siento mucho, Erin.

–¿Qué? ¿Qué es lo que sientes?

–Esto, lo que estamos haciendo –contestó él–. Tenías razón acerca de mí.

–¿De verdad? –Erin se bajó el vestido, asombrada.

–Soy un sinvergüenza.

–¿No crees que estás siendo un poco duro contigo mismo?

–Te he seducido, Erin.

–Sí, bueno… pero has tenido un poquito de ayuda.

–No lo entiendes –insistió él, sacudiendo la cabeza–. No ocurrió así como así. Todo esto era calculado, deliberado.

–¿Cómo?

–El café, el masaje, el salmón con salsa de eneldo…

–¿Has mentido sobre el salmón?

–¿Qué? Ah, no, no. Sobre eso no.

–¿Entonces? No te entiendo.

–Erin…

–Striker…

–Soy…

–Mira, no sé por qué has cambiado de opinión –lo interrumpió ella–. Pero…

–No he cambiado de opinión. Por Dios, Erin. ¿Crees que no…?

–Has sido tú el que ha parado.

–Me he parado porque no te merezco, no soy digno de ti. ¿No me has oído? Todo esto estaba preparado.

–¿Quieres decir que el masaje no era para quitarme el dolor de cabeza?

–Sí, bueno… –la verdad era que sí había querido quitarle el dolor de cabeza. Pero el motivo principal había sido seducirla.

–Ya veo –dijo Erin. Y el calor de sus ojos desapareció–. Si lo que intentas es hacerme cambiar de opinión…

–No, no es eso. Estoy intentando decirte que soy un golfo. Un golfo encantador.

–Ah, eso está muy bien.

–Lo siento.

–Si no estabas interesado, ¿por qué te has molestado en seducirme?

Striker se inclinó para tomar la corbata del suelo. ¿Por qué? Porque era preciosa. Porque era un reto. ¿Porque carecía de ética?

Había miles de razones.

–Porque me gustas mucho.

–Ah, eso tiene sentido. ¿Vas a decirme por qué has parado o no?

–Porque me gustas más de lo que pensaba.

–Ya.

–Erin, yo…

–Olvídalo –lo interrumpió ella–. ¿Vas a quedarte para la cena de mañana o no?

Striker la miró a los ojos. Muy bien, había cambiado de tema. «Cállate de una vez y deja de hacerla sentir incómoda».

–Sí, claro.

Marcharse de la isla solo aumentaría su interminable lista de pecados.

Erin esperó hasta que oyó que Striker cerraba la puerta del dormitorio antes de dejarse caer de nuevo en el sofá.

No era el mejor momento para su ego, desde luego.

El dolor de cabeza había desaparecido por completo, pero seguía excitada y furiosa. ¿Por qué había parado? ¿No le gustaba? Irritada, se levantó de un salto y fue a la cocina para tomar una copa y una botella de coñac. Se daría un baño de espuma y tomaría un par de copas para controlar sus inseguridades.

No tenía que levantarse temprano. Podía llamar a Patrick a la hora que fuera y tenían todo el día para planear la cena con Allan.

Además, su ego necesitaba atención después de aquella escenita.

Pero cuando llegó al segundo piso, la puerta del dormitorio de Julie se abrió.

–¿Erin?

–¿Sí?

–¿Estás sola? –le preguntó Julie en voz baja.

–Sí.

–¿Vas a su habitación?

Erin negó con la cabeza.

–¿Qué ha pasado? –preguntó Julie, cerrando la puerta.

–Es un poco embarazoso…

–Ah, qué bien –sonrió su amiga y compañera, tomándola del brazo para bajar al salón–. Cuéntamelo todo. Espera, voy a buscar una copa para mí.

Con resignación, Erin se dejó caer en el sofá.

–Venga, canta.

–Pero debes prometerme que no te vas a reír.

–¿Por qué iba a reírme?

–Y tampoco puedo darte pena.

Julie se sirvió una copa de coñac.

–Ah, esto suena cada vez mejor. Habla, mujer.

–¿Te acuerdas del masaje que te ha dado en los pies?

–¡Que si me acuerdo! –dijo Julie, con una sonrisa soñadora.

–Bueno, pues el masaje en los pies se convirtió en un masaje en el cuello, en la espalda... y luego en un beso.

–Eso no suena embarazoso.

–Y luego se apartó.

–¿Cómo que se apartó?

–Que se apartó.

–¿Le dijiste que no? –Julie la miró, guiñando los ojos. Erin negó con la cabeza–. ¿Estás segura?

–Creo recordar que mis palabras exactas fueron: «Striker, te deseo. Ahora».

–Sí, es un poco difícil malinterpretar eso –murmuró Julie, tomándose el coñac de un trago y poniéndole el vaso delante para que le sirviera más.

–Desde luego.

–Pero yo habría jurado que le gustabas.

–Pues parece que no.

–¿Te ha dicho por qué? ¿Es un fanático religioso o algo así?

–No. Dijo que yo le gustaba mucho.

–Ahhh. Eso no tiene ningún sentido.

–Pero creo que se refería a «gustar» en el sentido de «respetar».

–¿Qué? ¿Cree que las «buenas chicas» no se acuestan con hombres?

–Esa es la única explicación que se me ocurre. Estoy segura de que le gustaba besarme, de verdad –dijo Erin, incorporándose–. Debería haber una ley contra los hombres que excitan a una mujer y luego la dejan a dos velas.

–Si tú has pensado que le gustaba, entonces es que le gustaba –sentenció Julie–. A lo mejor es un poco antiguo para esas cosas.

–O a lo mejor no le gusto lo suficiente.

–Qué va. Cuando estaba dándome el masaje en los pies, lo hacía para excitarte a ti.

Las palabras de Julie y el coñac hicieron que Erin se sintiera un poco mejor.

–¿Tú crees?

–Claro que sí. No sé qué le pasa a ese hombre, pero no es que no le gustes.

Julie era tan buena amiga.

–Gracias.

–¿Y qué piensas hacer?

–¿Qué quieres decir?

–Te sigue gustando, ¿no?

Erin tomó otro trago de coñac.

–Venga ya, estamos solas, puedes decirlo.

–Bueno, pues sí, me gusta. Y a mí no me gusta cualquier hombre.

–Ya lo sé –murmuró Julie, levantando los ojos al cielo.

–¿Qué pasa?

–Trabajas demasiado, Erin. No sales mucho. Pero esa es otra conversación. ¿Qué piensas hacer con respecto a Striker?

Ella se encogió de hombros.

–¿Qué puedo hacer?

–Dale la vuelta a la situación. Eres tú quien va a darle un masaje la próxima vez.

Erin parpadeó, sin entender.

–No creo que haya una próxima vez.

–Hablo metafóricamente. Sedúcelo tú.

–¿No te parece un poco...?

–Por favor, Erin, estamos en el siglo XXI. A las mujeres les gusta el sexo tanto como a los hombres.

–¿Y si no le gusto?

Julie levantó su copa.

–Erin, si lo haces bien, ese pobre hombre no sabrá ni por dónde le viene el aire.

Striker estaba tumbado en la cama, despierto, viendo cómo el despertador de la mesilla iba marcando las horas. Estaba a punto de amanecer y no había podido pegar ojo. ¿Cómo se le había ocurrido intentar seducir a Erin?

Aquello no era un cóctel ni una discoteca. Era un viaje de trabajo. Erin lo había contratado para que la ayudase, no para que se propasara con ella.

No podía acostarse con cualquier mujer que

le pareciese guapa y seductora. Aunque en el pasado eso era justamente lo que había hecho. Pero él lo llamaba «citas». En cambio su padre lo llamaba, despectivamente, «ir con mujeres».

Y, por primera vez en su vida, Striker se preguntó cuál de los dos tendría razón…

En ese momento le sonó el móvil.

–¿Sí?

–¿Te importaría explicarme qué demonios haces en Blue Earth?

–¿Derek?

–Sí, soy Derek. ¿Te acuerdas de mí, tu hermano? El que está aquí intentando arreglar lo que tú has estropeado.

–¿Qué he hecho ahora?

–¿Crees que mamá no se ha llevado un disgusto después de la discusión que tuviste con papá?

–¿Cómo sabías que estaba aquí?

–Nuestro hermano pequeño es detective privado, ¿no te acuerdas? Puedes correr, pero te encontraremos.

–Yo no he salido corriendo. He traído a… unas clientas a la isla.

–Mamá dice que has dejado la empresa.

–No es verdad.

–Ah, bueno.

–¿Eso era lo que querías saber?

–Lo que quiero saber es por qué discutes con él.

No había duda de que Derek se refería a su padre.

–Ya sabes que es imposible no discutir con él.

–Sí, pero contigo siempre es por lo mismo, Striker. Que vayas por ahí con unas y con otras le pone enfermo.

–Era una cita, no… –Striker no terminó la frase–. ¿Cuándo has tenido tú que pedir permiso para salir con una chica?

–Cuando sales con una chica, hermanito, normalmente sabes algo de ella. Por ejemplo, su apellido. Y la primera cita suele terminar con un beso de despedida y no empezar en una habitación de hotel.

–¿Ahora te me vas a poner moralista?

Derek no era precisamente un monaguillo.

–Mira, pensé que dejarías de portarte como un crío…

–Pero bueno… ¿desde cuándo eres el clon de papá?

–Mira a tu alrededor, Striker. ¿Te sientes orgulloso de tu vida?

–Tengo edad para tomar mis propias decisiones –replicó él, aunque ya no estaba tan seguro.

–Lo mejor es que pienses de verdad lo que estás haciendo y qué quieres hacer con tu vida.

En lugar de pensar lo que estaba haciendo con su vida, Striker decidió colgar el teléfono. Seguía pensando dejar la empresa de su padre y poner cierta distancia entre los dos. Era la única opción que tenía. Su padre y él no se llevaban bien. Y si ahora también tenía que pelearse con Derek…

El problema era que, aunque dejase la empresa, dándole un terrible disgusto a su madre, eso no resolvería sus sentimientos por Erin. Y tampoco resolvería su sentimiento de culpa por las otras mujeres. Lo juzgase Derek o no, tenía que cambiar ciertas cosas.

–¡Maldita sea! –exclamó, tomando el teléfono para llamar a su hermano–. ¿Derek?

–¿Sí?

–Oye, perdona.

–¿Qué?

Evidentemente, Derek esperaba que hubieran resuelto la situación como siempre: un par de días sin hablar para tratarse luego como si nada hubiera pasado.

–Me has oído –respondió Striker, paseando por la habitación–. Además, tampoco es que yo salga con niñas de quince años. Esas mujeres sabían perfectamente lo que hacían. Algunas de ellas dieron el primer paso.

–¿Te encuentras bien?

–No.

–¿Qué te pasa?

¿Qué le pasaba? Un millón de cosas le pasaban. Y no sabía por dónde empezar.

–Anoche empecé a preguntarme qué habría pasado si hubiéramos tenido una hermana.

–¿Una hermana? –repitió Derek.

–Sí, una hermana, una hermana. Como un hermano, pero en chica.

–¿Striker?

–¿Sí?

–A ti te pasa algo.

–No, escúchame. No sé, me pregunté qué sentiría si algún tipo le hiciera lo que yo le he hecho a tantas chicas…

–No lo sé, depende de lo que les hayas hecho. ¿Estamos hablando de llamar a un abogado?

–No, hombre. Ya sabes: sí, sí, me gustas mucho… para no volver a llamarlas nunca más. Mantener relaciones sexuales sin pensarlo dos veces.

–¿Qué te pasa, Striker? ¿Te ha ocurrido algo?

–Es que…

–Has conocido a una chica. ¿Cómo se llama?

–Erin.

–Ah.

–No, nada de «ah». Ni siquiera me he acostado con ella.

–¿De verdad?

–Acabamos de conocernos –le explicó Striker. Aunque, nada más decirlo, se dio cuenta de lo ridículo que sonaba.

–Pero te sientes atraído por ella –dijo Derek.

–Cualquier hombre se sentiría atraído por ella. Es preciosa.

–¿Alguien que, por fin, te ha dicho que no?

–No, no es eso.

–Pero pensé que…

–He sido yo el que ha dicho que no.

–¿Tú?

–¿Te sorprende?

–Tanto que he tenido que sentarme.

–Qué gracioso.

–¿Crees que podrás aguantar mucho tiempo?

–¿Eh?

–Si a esa chica le gustas, y a ti también te gusta pero no quieres acostarte con ella, será mejor que te alejes, ¿no? Striker, por favor, ya sabes cómo eres.

–No puedo irme.

–¿Por qué?

–Esta noche tengo que ir a una cena con ella, su amiga Julie y Allan Baldwin.

–¿Vas a salir con ella? ¿No crees que eso...?

–No es una cita, es una cena de negocios. Trabajan para una empresa de joyería de Nueva York y están interesadas en los diamantes de Allan. Lo que pasa es que Allan no lo sabe todavía...

–¿Le has tendido una trampa?

–¡No, por Dios! Esta noche van a proponerle un contrato.

–Entonces, aléjate de ella hasta la cena.

–Pero es que nos alojamos en el mismo bungalow.

–Mira, Striker, estoy intentando ayudarte. Pero no me lo pones nada fácil.

–Sí, ya lo sé.

–Bueno, ¿cómo es esa chica?

Striker lo pensó un momento: ¿mandona? No, no quería decirle eso a su hermano. ¿Sexy?

Eso era evidente. ¿Decidida, organizada, divertida, vulnerable?

–¿Striker?

–Es… complicada.

–Ah, eso me lo aclara todo. ¿Sabes una cosa? Creo que deberías hablar con Tyler.

–¿Con Tyler? ¿Por qué?

–Porque Tyler ya ha tenido que lidiar con una mujer complicada.

–¿Quién?

–Jenna.

–No seas absurdo, es su mujer.

–Piénsalo, Striker. Te estás enamorando y podrías acabar como él.

–Muchas gracias por el consejo, Derek. Creo que la próxima vez llamaré a Tyler.

Mientras cortaba la comunicación, Striker oyó la carcajada de su hermano.

Enamorarse de Erin, qué tontería.

Sencillamente, estaba intentando ordenar su vida. Le gustaba, desde luego. Y la respetaba. Pero su problema era la atracción física que sentía por ella. Nada más que eso. Él se sentía atraído por mujeres todo el tiempo.

Aunque lo más prudente sería alejarse de ella todo lo posible. Striker sacó del armario una camiseta y un pantalón corto para evitar la tentación.

Correría un rato por la playa y encontraría algo en lo que ocuparse durante las próximas doce horas.

Capítulo Ocho

Cuando Erin despertó, el dolor de cabeza había vuelto. Podría ser por el disgusto de que Striker la hubiera rechazado. O quizá, debía admitir, debido al coñac.

Entonces sonó un golpecito en la puerta.

–¿Sí?

–Soy Julie.

–¿Vienes sola?

–Sí. Y traigo café.

–Ah, entra, por favor –suspiró Erin. Al ver entrar a su amiga con una taza de café, un zumo de naranja y una aspirina, cerró los ojos–. ¿Quieres casarte conmigo, Julie?

–Sí, claro. Bueno, eso si Allan me dice que no.

–¿Quieres decir que no soy mejor que un hombre guapo que posee una mina de diamantes?

–Me temo que no. ¿Qué tal has dormido?

–Fatal –suspiró Erin–. Tengo resaca y mi ego está por los suelos.

–Ah, me alegra saber que tienes un montón de energía para la fase dos.

–¿Qué fase dos?

–Ya sabes, la parte en la que vuelves loco a Striker.

–¿Yo he aceptado eso?

–Sí, alrededor de las tres de la mañana.

–Debía de estar borracha.

–No. Pensabas con toda claridad.

–Entonces, ¿por qué no me acuerdo?

–Sí te acuerdas, pero te lo niegas a ti misma.

–¿Y por qué sí recuerdo la parte humillante?

Julie sacudió la cabeza.

–No sé lo que pasó, pero estoy segura de que a Striker le gustas. Además, tienes que acordarte de eso para pasar a la fase dos.

–Mira que eres mala.

–Por eso me quieres, porque te obligo a hacer las cosas que realmente quieres hacer. Soy como tu alter ego alocado –Julie se inclinó hacia delante–. Oye, a lo mejor eres esquizofrénica. A lo mejor yo ni siquiera existo.

–Entonces, ¿quién ha hecho el café?

Julie asintió con la cabeza.

–¿Lo ves? Por eso tú eres la más racional de las dos. Bueno, volvamos a Striker. ¿Qué podemos hacer para que se fije en ti?

–Bueno, ayer insistió en comprarme un conjuntito...

–¿Qué? ¿Qué conjuntito? ¿Dónde está?

–Ahí, en una bolsa junto a la cama. Pero ni siquiera la he abierto. Lo compró él mismo, así que imagínate.

Julie abrió la bolsa y sacó un paquetito envuelto en papel de seda color malva. Para abrirlo había que romper un sello dorado.

–Ah, qué mono.

–No te fíes. Seguro que lo que hay dentro nos va a matar del susto.

Julie sacó una camisola de piel de ángel color melocotón. Tenía unas tiras muy finas y el escote bordado, con unas braguitas a juego.

–Es precioso. Si te ve con esto puesto se desmayará –dijo Julie.

–No puedo hacer eso.

–Mujer, no tienes que pasearte con esto por toda la casa. Haz que parezca un accidente.

–Él ya me ha visto accidentalmente en ropa interior –le recordó Erin–. Y era un conjunto divino, además.

Julie soltó una risita.

–Sí, pero Striker no te había comprado ese conjunto. Este sí. Hazme caso, la fase dos pasa por que te pongas esto.

Entonces sonó el teléfono.

–¿Sí?

–¿Erin?

–¿Sí?

–Soy Allan.

–Buenos días, Allan –contestó ella, haciéndole gestos a Julie.

–Estaba pensando… ¿se ha levantado Julie ya?

–Sí, está aquí mismo. Espera, te la paso.

Julie, que había empezado a dar saltos, tuvo

que hacer un esfuerzo para controlarse antes de contestar.

–Hola, Allan… sí, muy bien. Yo también, sí.

Erin dobló el conjunto de ropa interior para volver a meterlo en la bolsa.

–Sí, claro, esta mañana no tengo nada que hacer… en una hora, de acuerdo. Nos vemos entonces.

–¿Qué? –preguntó Erin cuando colgó.

–Dice que él traerá el vino esta noche.

–Ah, qué bien.

–La verdad, estoy empezando a sentirme culpable por no haberle dicho la verdad.

–No te preocupes, se la diremos esta noche… Por cierto, ¿has quedado con él dentro una hora?

–Sí, bueno, verás…

–¿Te ha invitado a salir esta mañana?

–Me ha preguntado si quería ir a su casa para elegir el vino. ¿Te importa?

Erin tuvo que sonreír. Que Julie hablase con Allan antes de la cena serviría para afianzar la relación.

–Claro que no. Tú encárgate de suavizarlo para esta noche, cuando Striker prepare su salmón al eneldo.

–Striker se ha ido.

–¿Cómo?

–Creo que se fue alrededor de las siete.

–Ah… ¿se ha ido de la isla?

–No, no, creo que salió a correr.

Erin sintió que la invadía la tristeza, aunque no sabía por qué. Tenía un millón de cosas que hacer ese día, y Striker solo era una nota a pie de página en toda la operación.

Decidida, guardó la bolsa en el armario.

Striker había corrido unos doce kilómetros cuando se dio cuenta de que no lo había pensado bien. Estaba sediento y agotado… y ahora tenía que hacer los otros doce kilómetros de vuelta. Y solo llevaba un dólar en el bolsillo del pantalón.

Si hubiera llevado su tarjeta de crédito podría haber reservado habitación en algún hotel, comprar algo de ropa…

¿Pero cómo le explicaría eso a Erin y Julie?

Aunque Erin seguramente ni le dirigiría la palabra.

Su padre se partiría de risa si supiera en qué situación estaba.

Si hubiese alguna justicia en el mundo, Allan firmaría el contrato con Elle y Erin se olvidaría de él para siempre.

Suspirando, se dejó caer en un banco en el paseo marítimo y se quitó las zapatillas para sacarles la arena. Hizo lo propio con los calcetines y luego volvió a ponérselos.

Estaba a unos metros de la calle principal y podía ver una tienda de alimentación desde allí. Seguramente podría comprar una botella de agua, pensó. Mientras se dirigía hacia la tienda, algo de un rojo brillante le llamó la atención. Era un enorme garaje con la puerta abierta, al lado de una casa de aspecto modesto, bajo un montón de cedros.

Striker dio un paso adelante, la sed olvidada por completo.

No podía ser…

Esperó que pasara un coche y luego cruzó la calle, trotando.

No estaba loco. Allí estaba, una BA Swallow de color rojo, las alas plateadas casi tocaban las paredes del garaje. Un hombre de pelo blanco con una llave inglesa en la mano estaba intentando arreglar el motor.

–¿Hola?

El hombre se volvió. Era alto y robusto, con bigote.

–Hola.

–Bonita avioneta.

El hombre sonrió.

–Sí, desde luego que sí –dijo, limpiándose las manos con un paño.

–¿Es suya?

–De mi hijo y mía. Me llamo Roger Cameron.

Striker le estrechó la mano.

–Striker Reeves. ¿Hace mucho que la tiene?

–Casi veinte años. Si quieres, puedes echarle un vistazo.

–Yo tengo una Cessna, una Tiger Moth y un Thunderjet, pero nada como esto.

–¿Eres piloto?

–Sí. Y mecánico, cuando tengo tiempo. ¿Quiere que le eche una mano?

–¿Por qué no? Mi hijo no está interesado en la avioneta…

–¿Y eso?

–Así es la vida. Yo había pensado que la arreglaríamos juntos, que volaríamos juntos… pero no ha sido así.

–Una pena, porque es una preciosidad.

–Ya, pero… –el hombre lo miró sin poder disimular un gesto de tristeza–. En fin, no quiero aburrirte con mis penas.

–Puede contármelas –sonrió Striker–. En serio.

–Mi hijo está en Las Vegas, donde solía trabajar yo cuando era joven. Y solo le interesan los casinos, el juego, el dinero…

–Ah, ya veo.

–Voy a contarte un secreto. No es que los hijos tomen un camino diferente al tuyo lo que le preocupa a un padre, sino ver que cometen los mismos errores que uno ha cometido.

Striker asintió con la cabeza, pensativo.

–Bueno, venga, ¿nos ponemos a trabajar? No consigo arreglar esa correa por mucho que lo intento. La he cambiado siete veces y nada.

–Vamos a echarle un vistazo…

Cuando empezaba a atardecer, la mujer de Roger asomó la cabeza en el garaje para decirle que era la hora de la cena.

¿La hora de la cena? Striker miró su reloj… ¡la cena con Allan!

A toda prisa, le dio las gracias a Roger y a su mujer por su hospitalidad y prometió volver a pasar por allí al día siguiente. Y luego salió corriendo, tomando un atajo por el pueblo.

Capítulo Nueve

Erin estaba intentando controlar un inminente ataque de ansiedad mientras miraba el salmón que había en la encimera de la cocina. Un salmón que ella no sabía cocinar.

¿Dónde estaba Striker? ¿Dónde se habría metido?

Había pasado de estar ligeramente preocupada a estar furiosa. Si iba a dejarla plantada, al menos podría haberla avisado.

Sí, bien, de acuerdo, no le gustaba lo suficiente. ¿Y qué? ¿Qué pensaba, que iba a atacarlo mientras dormía?

Entonces oyó que se abría la puerta y corrió al salón... para encontrarse con un Striker empapado de sudor y cubierto de grasa.

Julie lo miraba, boquiabierta.

–Allan llegará en quince minutos –le recordó Erin–. ¿Dónde has estado?

–Me entretuve –contestó él.

–Venga, tienes que ir a ducharte. Julie, si llega Allan, entretenlo, por favor.

–Sin problema.

–Ponte el traje gris. Te he planchado la otra camisa y la corbata está colgada en el armario.

Tienes cinco minutos para darte una ducha y luego quiero que te seques el pelo, te peines, te vistas y bajes a la cocina... ¡el salmón está sin hacer!

–Muy bien.

–No puedo creer que seas tan irresponsable...

–Déjame en paz, Erin. He venido corriendo doce kilómetros para echarte una mano –replicó Striker.

–¿Y por qué llegas tan tarde?

–Y no me gusta que me den órdenes.

–A mí tampoco me gusta darlas, pero habíamos quedado en que harías el salmón, y apareces tarde y cubierto de grasa. Además, te recuerdo que eres mi empleado.

Habían llegado a su habitación, y Striker entró en el cuarto de baño y abrió el grifo de la ducha.

–Ya no.

–¿Cómo que no?

–Que dimito –contestó él.

–No puedes dimitir ahora. Tienes que hacer el salmón.

–Dimito de forma retroactiva.

–¿Qué?

–Esto ha sido una tontería desde el principio, Erin. No debería estar aquí. No me necesitáis para nada. Te pagaré por el traje y la parte que me corresponde de la habitación... Hasta aquí hemos llegado.

–¡No puedes hacer eso! ¡Allan está a punto de llegar!

–¡Erin, tenemos que alejarnos el uno del otro!

No, aún no. No podía irse. Ella no estaba preparada.

–¿Vas a abandonarme sin cumplir tu contrato? ¿Antes de hacer el salmón? ¿De la cena de esta noche? ¿Antes de que me ponga el conjunto que me compraste?

Sí, eso último era para intentar manipularlo, pero ¿qué otra cosa podía hacer?

–Especialmente antes de… hacer el salmón –dijo él.

Había hecho un chiste. En medio de aquella discusión, Striker Reeves había hecho un chiste. Quizá aún había alguna posibilidad.

–Pues me queda muy bien.

–¿El salmón?

–No, la camisola. Deberías verme con ella puesta.

–No, no debería.

–¿Por qué?

–Porque me da miedo.

–¿De qué?

–De mí mismo.

Muy bien, Erin no entendía nada.

–Pero yo no tengo miedo de ti –dijo, acercándose un poco más.

–Pues deberías tenerlo.

–¿Por qué?

–Porque soy una mala persona, muy mala persona.

Erin tuvo que sonreír. Striker Reeves podía ser un cavernícola y tener muy mal gusto para la ropa, pero no era una mala persona.

–¿Y qué te hace pensar que yo estoy interesada en tu sentido de la ética?

Striker no dijo una palabra.

–Lo que me interesa es tu cuerpo, no tu alma.

Entonces sonó el timbre.

–¿Estás segura?

–Totalmente.

Striker se quitó la camiseta.

Iba a meterse en la ducha. No iba a marcharse. El corazón a Erin le dio un gran salto de alegría.

–Quítate el vestido –dijo él entonces.

–¿Qué?

–Ya me has oído. Quítate el vestido.

–¿Ahora mismo?

–No me ducho a menos que tú te duches conmigo.

–¿Otro ultimátum?

–O lo tomas o lo dejas.

Erin lo tomó.

Seguramente era la locura más grande que había hecho en toda su vida y seguramente lo lamentaría después, pero en aquel momento, solo esperaba que Julie pudiese entretener a Allan lo máximo posible.

Erin se dio la vuelta y se levantó el pelo con las dos manos para que Striker pudiera desabrocharle la cremallera del vestido. Cuando lo hizo, rozándola con los nudillos, Erin sintió un escalofrío.

–Lo siento –dijo Striker, mientras le rozaba la espalda con los labios.

–¿Qué es lo que sientes?

–Todo lo que he hecho y todo lo que voy a hacer... todo lo que pueda herirte.

–No me estás hiriendo, Striker.

–No soy una buena persona –insistió él, tirando el vestido al suelo.

–Eso ya lo has dicho –sonrió Erin, volviéndose.

–Solo intento advertirte –dijo Striker, acariciándole los pechos.

–Ya estoy advertida.

–Solo para dejar las cosas claras –insistió él, tomándola por la cintura para buscar sus labios.

–Están bien claras.

Sus labios se encontraron y una satisfactoria ola de placer le recorrió el cuerpo a Erin, que le echó los brazos al cuello.

Striker alargó la mano para cerrar la puerta del baño y luego se bajó pantalón y calzoncillos a la vez. Mientras la besaba, poniendo toda la pasión que sentía en aquel beso, con una mano le bajaba las braguitas.

–Striker…

–Erin…

Sin dejar de besarla, Striker la levantó para sentarla en la encimera. Era un contraste muy frío con el calor de su cuerpo. El agua de la ducha golpeaba la mampara de cristal y el vapor llenaba el cuarto de baño.

–¿Erin?

–¿Sí? –murmuró ella, con los ojos cerrados.

–Te juro que esto no me había pasado antes –dijo Striker, tomándole la cara entre las manos.

–Eres un mentiroso –sonrió ella–. Sigue así.

–Pero…

–Calla. No tienes que confesarte –dijo Erin, inclinándose un poco para buscar sus labios–. Y no tienes que mentirme. No tienes que…

–¿Qué quieres que haga?

El corazón de Erin empezó a latir a toda velocidad. Ella no era particularmente lanzada en lo que se refería al sexo, pero mientras miraba los ojos azules de Striker supo que había pasado el momento de ser tímida.

De modo que le tomó la mano y se la puso en uno de los pechos.

Él rozó el pezón con el índice y ella cerró los ojos, echando la cabeza hacia atrás.

Striker inclinó la cabeza para besarle los pechos, sin dejar de acariciarla, haciendo que se le pusiera la piel de gallina, despertando un incendio entre sus piernas.

–¿Qué más?

Animada por el deseo que, evidentemente, ambos sentían, Erin tomó su otra mano y la colocó entre sus piernas.

Podía oír su respiración entrecortada mientras la acariciaba entre los muslos. La acariciaba, la abría, la penetraba con un dedo. Sabía muy bien lo que estaba haciendo, y a Erin no le importaba por qué.

Pensó entonces que quizá debería preguntarle qué quería él.

Pero no sabía si se atrevería.

Entonces se dio cuenta de que era o todo o nada. Ese momento mágico no volvería a repetirse nunca.

–¿Y tú? ¿Qué quieres que haga?

–Tócame.

–¿Dónde?

–Donde quieras.

Ella negó con la cabeza.

–Si no me lo dices, no te toco.

–¿Un ultimátum, Erin?

–Es mi turno.

–Muy bien –Striker se inclinó para hablarle al oído y le explicó en términos gráficos dónde, cómo y con qué parte de su cuerpo quería que lo tocase. Y luego le dio más detalles. Y luego le dijo cómo le haría sentir eso.

Erin estuvo a punto de derretirse.

–Ahora –murmuró–. Ahora mismo.

Solo pararon un momento para sacar un preservativo del armarito y enseguida estuvo dentro de ella, diciéndole una y otra vez cómo le gustaba y lo maravillosa que era.

El vapor empapaba sus cuerpos. Erin movió la mano, pero resbaló en el cristal de la mampara, aunque consiguió agarrarse a un toallero. Striker seguía moviéndose, cada vez más rápido, tanto que pensó que iba a ponerse a gritar como loca.

Erin apretó los dientes, oyendo su propia respiración, conteniendo las emociones que querían escapar de su garganta.

–Déjate ir –dijo él, con voz ronca.

Ella negó con la cabeza.

–Sí. Déjate ir.

–Julie… Allan…

–No te oirán.

Erin volvió a negar con la cabeza, y Striker empujó con más fuerza. Tanta, que tuvo que agarrarse a sus hombros, clavándole las uñas sin querer.

–Hazlo –insistió Striker.

No podía hacerlo. Ella no era de las que gritaban.

–Eres tan preciosa. Eres como el satén… como el satén húmedo –murmuró él, metiendo una mano entre sus cuerpos. Cuando la tocó, estuvo a punto de saltar de la encimera.

–Déjate ir, cariño.

Iba a gritar. El grito estaba naciendo dentro de ella y no tenía ningún sitio adonde ir. Striker empujaba y la acariciaba con un dedo… Le decía cosas al oído, palabras de ánimo, palabras seductoras que no podría repetir en voz alta.

Y, de repente, estaba ahí, un grito ahogado que hizo eco en su cerebro mientras se convulsionaba en un enorme espasmo y el mundo se hundía a su alrededor.

Striker dijo su nombre una y otra vez, apretando sus muslos, besando su cuello, sus ojos, su boca.

Después de unos minutos, cuando lograron llevar aire a sus pulmones, él le apartó el pelo de la cara.

–¿Estás bien?

Erin intentó formar una palabra, pero no era capaz y tuvo que contentarse con asentir.

–Cariño, no te miento cuando digo que nunca había hecho esto antes.

Striker sabía que debería sentirse culpable, o, al menos, arrepentido. Desde luego, no debería estar canturreando mientras se pasaba el peine por el pelo mojado.

Había fracasado miserablemente. Se había prometido a sí mismo que no iba a tocarla. Era la prueba de que aún le quedaba algo de conciencia.

Aparentemente, no era así.

Aparentemente, no tenía redención.

Aparentemente, su padre estaba en lo cierto y él, equivocado.

Una pena que no pudiera dejar de sonreír como un idiota.

Estaba deseando volver a verla, incluso con Julie y Allan como carabinas. Quería verla, mirarla, oírla hablar, respirar el aroma de su perfume.

Rápidamente, se puso la chaqueta y se dirigió a la puerta del dormitorio. Después de su ducha, Erin había ido a su cuarto para arreglarse el pelo y el maquillaje. Esperaba que no tardase mucho.

Striker fue trotando escaleras abajo y, cuando entró en el salón, encontró a Julie y a Allan charlando, en el sofá. A juzgar por lo absortos que estaban, dudaba que se hubieran percatado de su ausencia.

Eso estaba bien.

–Hola.

Allan y Julie levantaron la cabeza, sorprendidos. Julie se había puesto colorada y Striker se preguntó de qué habrían estado hablando. Estaba claro que había algo entre ellos.

Vaya, vaya, vaya.

–Tengo órdenes de preparar el salmón. ¿Alguien quiere una copa?

–Hemos abierto una botella de *cavernet* mientras llegabáis –dijo Allan–. ¿Quieres una copa? Está delicioso.

–Yo mismo me la sirvo, no te preocupes.

–¿Necesitas ayuda? –preguntó Julie.

Striker negó con la cabeza.

–El chef Striker trabaja solo. Vosotros seguid con lo que estuvierais haciendo.

Los ojos de Allan brillaron de agradecimiento.

Julie volvió a ponerse colorada.

De modo que había interrumpido algo importante. Qué curioso.

Alguien había hecho una ensalada y había una barra de pan en la encimera. De modo que solo quedaba el salmón. Estupendo.

Mientras colocaba los filetes en una bandeja, la puerta de la cocina se abrió. Erin, Julie y Allan se reunieron con él.

–Erin no quería que te sintieras solo –explicó Allan.

–¿Puedo hacer algo? –preguntó ella, acercándose–. ¿Han sospechado algo? –le preguntó al oído.

–Nada. Ni se han dado cuenta. Yo creo que se gustan.

Erin miró por encima del hombro y comprobó que Allan y Julie estaban riéndose de algo, como si ellos dos no estuvieran allí. Como si estuvieran solos en el mundo.

Striker le acarició los labios y ella se apartó, haciéndole un gesto de advertencia. Pero estaba tan guapa... Llevaba un vestido negro, corto, y unos pendientes largos que le daban un aire muy exótico.

–Estás guapísima.

–Calla.

–No es un secreto. Ellos también pueden verlo.

Erin le dio un codazo en las costillas.

Le encantaba tenerla cerca. Le habría gustado abrazarla, besarla, decirle tonterías al oído.

–Erin…

–Preocúpate del salmón.

–Te deseo otra vez, Erin.

–Pues no lo hagas.

–No puedo evitarlo.

–Quiero decir que no hables de ello. Ahora mismo no.

–¿Cuándo entonces?

–Más tarde.

–¿De verdad?

–De verdad.

Striker, con los nervios, estuvo a punto de tirar un filete de salmón al suelo.

–¿Quieres una copa de vino? –le preguntó Erin.

–Sí, genial.

¡Genial, genial, genial!

–Esto ya está casi listo.

–La mesa está puesta –anunció ella.

La cena transcurrió sin problema alguno. Hablaron de política, de cine, de cotilleos, de todo. Cuando terminaron con el helado de chocolate, Erin se levantó de la silla.

–Ah, casi se me olvida, Allan. He pensado que podrías estar interesado en esto –sonrió, ofreciéndole el catálogo de Elle–. Mi jefe me lo dio antes de salir de Nueva York. Es un avance de los nuevos diseños de Joyerías Elle para este año.

–¿Trabajas en Elle?

–Sí, Julie y yo trabajamos en las oficinas de Nueva York. ¿No te lo dijimos anoche?

Allan negó con la cabeza. Y luego miró a Julie, que parecía muy concentrada en su helado.

–Pensaba que te lo habíamos dicho –insistió Erin.

–Yo también –sonrió Striker, nervioso.

Allan lo miró con expresión suspicaz, preguntándose por qué demonios estaba mintiendo.

–Quizá lo mencionasteis, no sé.

–Sí, ya me parecía a mí –asintió Striker.

–¿Por qué no llevamos los platos a la cocina? –sugirió Julie.

Aliviada, Erin asintió con la cabeza.

–Echa un vistazo al catálogo. Pero puedes llevártelo a casa, si quieres.

Las dos mujeres llevaron los platos a la cocina, y Allan tiró su servilleta de mala gana sobre la mesa.

–¿Desde cuándo sabías que me estaban tendiendo una trampa?

–A lo mejor solo es una coincidencia –aventuró Striker.

–Sí, seguro. Dos bombones que trabajan para Elle aparecen contigo en la isla, y es una coincidencia.

–Erin es compradora y Julie es gemóloga. Son auténticas, no hay ninguna trampa, de verdad.

–¿Qué ha pasado? ¿Cómo te han convencido?

–No me han convencido de nada…

–¿Te llevas un porcentaje?

–¡Pues claro que no!

–Entonces, ¿saben algo sobre ti que tú no quieres que se sepa?

–Mira, es una historia muy larga…

–¿Una de tus típicas historias?

–No, no es eso –suspiró Striker.

–Debo admitir que son una mejora –dijo Allan entonces–. Los dos últimos tipos que me mandaron los de Elle eran horribles.

–¿O sea, que solo tenían que enviar a una chica guapa para convencerte?

Su amigo soltó una carcajada.

–Eso es. Lo que no entiendo es qué tienes tú que ver con todo esto.

Striker se encogió de hombros.

–Tú eres mayorcito y sabes cuidar de ti mismo. ¿Cuándo fue la última vez que tomaste una decisión profesional influenciado por una cara bonita?

–Nunca –sonrió Allan–. Claro, que debo admitir que estoy disfrutando con sus intentos. Hazme un favor, no les digas que lo sé.

Striker vaciló.

–¿Por qué? ¿Qué piensas hacer?

–Tomar otra copa de vino con dos chicas guapas.

–¿Y el contrato?

Allan se encogió de hombros.

–Me lo pensaré muy bien, como hago con todos los contratos que firmo.

Capítulo Diez

Striker se estaba quedando sin tiempo. Debía ir a la reunión del Consejo de Administración de Reeves-DuCarter al día siguiente y Erin estaba a punto de ofrecerle el contrato a Allan. Fuera cual fuera el resultado, sus vidas estaban a punto de separarse. Ella vivía en Nueva York; él, en Seattle.

Intentaba no ponerse nervioso mientras esperaba que Julie se fuera a dormir para entrar en el dormitorio de Erin y compartir con ella las pocas horas que les quedaban.

Pero cuando abrió la puerta de la habitación, no sabía qué esperar. Ella podría estar dormida, al fin y al cabo, no habían hecho planes concretos.

–¿Erin?

Estaba de pie, al lado de la cama, encendiendo una vela. A la luz de la luna tenía un aspecto casi mágico.

–Hola.

–Te he echado de menos.

–Pero si solo ha pasado una hora –rio ella.

–Da igual. Te he echado de menos. ¿Quieres que salgamos a la terraza?

–Como quieras –sonrió Erin.

–Ven, siéntate aquí, encima de mí. Vamos a mirar las estrellas.

–Sí, desde aquí se ven de maravilla… desde Seattle no es tan fácil.

Los dos se quedaron en silencio un momento.

–Derek, Tyler y yo dormíamos en el porche de nuestra casa de verano durante las vacaciones. Y el cielo era igual que este. Enorme, misterioso, infinito.

–Yo solía pedir deseos cuando miraba las estrellas.

–¿Y qué pedías?

–Dinero sobre todo. De pequeña vivía en el Bronx y mi familia no tenía nada. Aunque a veces pedía juguetes o vestidos o caramelos.

A Striker se le encogió el corazón. Y él la había creído una niña mimada… Erin se había criado en el Bronx. Él tenía una casa en la playa con montones de habitaciones mientras ella soñaba con caramelos.

–¿Y ahora, que pedirías?

–¿Esta semana? Que Allan firmase el contrato.

Muy bien, Striker haría todo lo posible porque lo consiguiera.

–¿En este momento? Nada –siguió Erin.

–Pero tienes todas esas estrellas. Es una pena desperdiciarlas.

–¿Qué pedirías tú?

–¿Ahora mismo? Que el tiempo se detuviera.

Erin dejó escapar un suspiro.

–Sí, eso estaría bien.

–Mira –dijo Striker, señalando el cielo–. Una estrella fugaz. ¿Quieres que pidamos un deseo?

–Podríamos, pero creo que es un satélite.

Él soltó una carcajada.

–Piensa un deseo, algo importante –dijo Erin entonces.

–Paz en el mundo.

–Eso es muy fácil. Algo más pequeño. Algo para ti.

–¿Para mí? Paz en mi familia.

–¿Ah, sí?

–Sí.

–¿Hay problemas en tu familia?

–Hay problemas en todas las familias. Mi padre y yo no nos llevamos bien y eso disgusta mucho a mi madre.

–¿Por qué?

–Porque no le gusta vernos discutir.

Erin le dio un codazo.

–¿Por qué discutes con tu padre?

–Porque quiere que haga las cosas a su manera.

–Y tú quieres hacer las cosas a tu manera, claro. Pobrecito tu padre.

–Si lo conocieras, no dirías eso.

–Striker, solo te conozco hace dos días y me da pena cualquiera que tenga que enfrentarse contigo.

–Pero si has hecho conmigo lo que has querido... –rio él–. ¿Por qué no me hablas de tu familia?

–Me temo que no hay mucho que contar. No conocí a mi padre y mi madre murió el año que terminé el instituto. Por eso tuve que pagarme la carrera trabajando como peluquera.

–Ah, ya. Lo siento.

–Bueno, eso fue hace diez años.

Striker la besó en la frente, preguntándose quién cuidaría de ella. ¿Tendría amigos íntimos? ¿Con quién pasaría las Navidades? ¿Quién la atendería cuando estuviese enferma?

De repente, se le hizo un nudo en la garganta. Sentía el deseo de llevarse a Erin a su casa y presentársela a todo el mundo. Su madre podría cuidar de ella...

Pero sabía que eso era imposible. Aquellos eran momentos robados y eso era todo lo que tenían. Striker miró al cielo, deseando que el tiempo se detuviera.

Pero no fue así.

Cuando Erin despertó, la habitación estaba en completo silencio. Y sin abrir los ojos supo que Striker se había ido de su cama. Había sentido, casi de forma inconsciente, sus brazos alrededor durante toda la noche y ahora solo había un vacío.

Abrió los ojos y parpadeó al notar el sol entrando por la ventana. Intentando no deprimirse, se volvió hacia el otro lado.

El corazón empezó a latirle con fuerza.

Había una rosa roja sobre la almohada, donde antes había estado su cabeza… y una nota.

Erin se sentó de golpe, echándose el pelo hacia atrás. Podría soportarlo si le decía que se había ido de la isla.

La noche anterior había sido algo mágico y, durante unas horas, se había permitido a sí misma creer que podría haber algo más para ellos dos. Pero a la fría luz del día, se dio cuenta de que esos pensamientos eran muy peligrosos.

Striker era Striker. Ella conocía su pasado y su reputación. No podía soñar con algo más que una historia de un fin de semana. Él se iría aquel día y no había nada que hacer.

Nerviosa, desdobló el papel:

Erin,

Estabas tan profundamente dormida y tan preciosa que no he tenido valor para despertarte. Pero hay algo que debía hacer. Ven a verme al número 17 de la calle Mayor. Date prisa. Te echo de menos.

Striker

Una parte de ella deseaba apretar la nota contra su corazón. En cambio, la otra deseaba que dejara de actuar como si Striker fuera su novio.

No tenían una relación. Solo era un fin de semana. De hecho, habría sido mucho mejor si la nota hubiera dicho:

Muchas gracias por todo. Ya nos veremos, nena.

Esa vena romántica le ponía nerviosa. No quería desear cosas que no podía tener. Pero debía admitir que, como historia de fin de semana, había sido estupenda. Era lógico que Striker no se atase a nadie.

De modo que se levantó de la cama y, sin tocar la rosa, entró en el cuarto de baño. Mientras se duchaba, se decía a sí misma que no tenía que verlo. Que Striker le hubiera pedido que se reuniera con él no significaba que tuviese que ir corriendo a buscarlo.

Podía quedarse en el bungalow, hacer su vida, mostrarle que ella sabía poner las cosas en perspectiva. Quizá ni siquiera volvería al bungalow, pensó.

Bueno, tendría que ir a recoger sus cosas. Pero eso podía hacerlo en diez minutos. Se despediría de él de forma sofisticada, como si hiciera aquello todos los fines de semana, le diría que lo había pasado bien y adiós. Podía hacerlo.

***

Erin se decía a sí misma que era la curiosidad lo que la había llevado al número 17 de la calle Mayor. No era una criatura patética intentando aprovechar cada segundo que tuviera con Striker.

Además, de verdad sentía curiosidad. ¿Qué podía haber encontrado allí?

Pero cuando llegó al número 17 vio una avioneta roja y a Striker trabajando en ella, sudando y con las manos manchadas de grasa. Y su corazón se puso a dar saltos. Estaba empezando a sentir debilidad por aquel hombre.

–Hola, cariño. Llevo un rato esperándote –la saludó, inclinándose para darle un beso en los labios.

Erin parpadeó. Había cometido un error yendo allí.

–¿Has dormido bien?

–Sí, sí… ¿se puede saber qué es esto?

–La he comprado –contestó Striker.

–¿Qué?

–Bueno, en realidad he comprado la mitad.

–¿De qué estás hablando?

Un hombre mayor apareció entonces en el garaje.

–Molly ya se está gastando el dinero –dijo, riendo–. Está al teléfono ahora mismo, comprando un billete para ir a visitar a Ben. Ah, hola, perdone, no la había visto.

–Roger, te presento a mi amiga Erin O´Connell –dijo Striker, apretando su hombro.

–Hola, Erin.

–Encantada –murmuró ella.

–Bueno, tengo que dejaros. Voy a comprobar que Molly no me deja en la ruina.

–Yo me marcho, Roger. Luego pasaré por aquí para despedirme.

–Ah, muy bien. Entonces hasta luego. Adiós, Erin.

–Adiós, señor Cameron –murmuró ella–. Striker, ¿cómo vas a pagar esta avioneta?

–Con una tarjeta de crédito.

–¿Seguro que tienes dinero?

–No te preocupes por eso.

–Striker…

–Erin, por favor, que no soy pobre.

Bueno, quizá no, pero una cosa era no ser pobre y otra comprar una avioneta así, de repente.

–¿Quieres que vayamos a dar una vuelta por el pueblo?

«Dile que estás ocupada. Dile que tienes que volver al bungalow».

–Había pensado que podríamos dar una vuelta por el parque o tomar un café.

Erin intentó decir que no con la cabeza, pero su cabeza no quería cooperar.

–Muy bien. ¿Cuándo tienes que marcharte?

–En unas tres horas. ¿Quieres que comamos juntos? ¿Vamos a la playa? ¿Nos sentamos en un parque para besarnos un rato?

Muy bien. Tres horas. Podía aguantar tres horas con una sonrisa en los labios. Daba igual adonde fueran mientras se mostrase alegre y despreocupada.

–¿Qué tal si hacemos windsurf? –sugirió Striker.

–¿Windsurf?

–¿Lo has probado alguna vez? Podemos alquilar las tablas. Hace un día estupendo.

–No creo…

–Venga, te encantará.

–¿Estás intentando matarme?

Esa sería una buena forma de terminar su relación. Nada de incómodas llamadas de teléfono. Nada que le recordase que había conocido a una chica ese fin de semana. Aunque Erin no tenía intención de ponerse en contacto con él, claro.

–No, tonta. Solo quiero que lo pasemos bien.

–Pero no llevo bañador.

–Puedes hacerlo en pantalón corto. Venga, vive un poco. Julie dice que trabajas demasiado.

–¿Quién dice eso?

–Julie.

–Te lo estás inventando.

–No, de eso nada.

–Pues Julie no sabe lo que dice.

–Sí lo sabe, es tu compañera. Ven a hacer windsurf conmigo. Te convertiré en una mujer nueva.

–¿Qué pasa con la antigua?

Striker se detuvo de repente. Sus ojos se habían oscurecido, y Erin sintió que se le encogía el estómago.

–Absolutamente nada.

No lo decía en serio, pensó Erin. Le decía esas cosas a las mujeres todos los días. Y si quería conservar la cabeza y el corazón, lo mejor sería no hacerle caso.

Pero Striker sonrió de nuevo y su corazón empezó a dar saltos.

Oh, no, no, no. Volar sobre las olas a cien kilómetros por hora seguramente era la mejor manera de pasar el tiempo que le quedaba con él.

Al menos Striker no estaría mirándola a los ojos. O tocándola. O diciendo cosas que hacían que le temblasen las rodillas.

Sí, ahora que lo pensaba, hacer windsurf era lo más seguro.

Capítulo Once

Lo habían pasado de maravilla haciendo windsurf, aunque Erin no sabía si sería capaz de recuperar el movimiento de los brazos algún día. Era increíble la fuerza que había que ejercer para sujetarse al palo de la vela.

Cuando entraron en el bungalow, Julie estaba al pie de la escalera, con expresión seria.

–Hola, Julie.

–Hola.

–¿Dónde te has metido esta mañana?

Julie señaló la bolsa de viaje, su bolsa de viaje, en el suelo.

–He pensado que lo mejor sería marcharme.

Erin y Striker se miraron, y Striker se preguntó si se sentiría molesta porque la habían dejado sola.

–Solo tienes que presentarle el borrador del contrato a Allan. Ya no me necesitas para nada. Y la verdad es que estoy un poco aburrida.

–¿Aburrida? Cómo es posible, Julie, no conozco a nadie a quien le guste más tomar el sol. Y has conocido a uno de los grandes proveedores de diamantes y esmeraldas del mundo. ¿Cómo que estás aburrida?

–Sí, bueno, no es tan interesante como parece.

–¿Que no es tan interesante?

En lugar de contestar, Julie se volvió hacia Striker.

–¿Puedes llevarme a Seattle?

Él vaciló, mirando de una a otra.

–¿Se puede saber qué te pasa? –preguntó Erin.

–Nada –contestó Julie.

–Por favor… mientes fatal.

–No es cierto.

–Sí lo es. ¿Vas a contarme qué te pasa o no?

–No.

–¿Te has peleado con Allan?

–No me he peleado con él.

–Entonces… ¡Dios mío, Julie!

Striker miraba de una a otra sin entender nada.

–No importa –dijo ella, apartando despacio la mirada.

–No me lo puedo creer –murmuró Erin entre dientes.

Julie se puso las manos en las caderas.

–Pues sí, no puedo acostarme con un hombre y mentirle al mismo tiempo. Sorpresa, sorpresa, hasta Julie Green tiene su ética.

Striker se quedó helado. No supo qué decir de sorprendido que estaba.

¿Allan se había acostado con Julie?

¿Por qué se acostaría con ella?

–No me sorprende que tengas ética… y no le estás mintiendo.

–¿Ah, no? ¿Y cómo lo llamas tú entonces?

Erin vaciló.

–Muy bien. Entonces, soy yo quien le está mintiendo.

–No, tú sabes bien que no es así. Así que me voy.

–Pero si hay algo entre él y tú…

–No puede haber nada serio entre Allan y yo. Él es un multimillonario y yo solo soy una tramposa.

–¡No eres una tramposa! Yo puedo hablar con él. Explicarle lo que ha pasado.

–No, no cambies de planes. Hay mucho en juego para ti. Striker, por favor… –Julie se pasó una mano por la cara–. Perdonad, yo...

Y salió corriendo escalera arriba.

–¡Yo hablaré con él! –gritó Erin.

–¡No!

–Pero a lo mejor…

–¡No! –gritó Julie, antes de encerrarse en su habitación.

–Ah, qué desastre –suspiró Erin–. Mi jefe estaba tan seguro de que esto iba a funcionar… pero cada vez es más complicado.

Y ella no sabía ni la mitad. Striker estaba a punto de complicarlo todo aún más.

***

–¿Erin?

–¿Sí?

–Allan lo sabe.

–¿Allan sabe qué?

–Sabe que Julie y tú buscabais un contrato con él.

Erin se quedó inmóvil.

–¿Se lo contaste?

–No, no se lo conté. Pero en cuanto supo que trabajabais para Elle, sumó dos y dos...

–¿Tú sabías que él lo sabía?

–Sí.

–¿Y no nos lo dijiste?

–Pensé que no era cosa mía.

–¿Que no era cosa tuya? Tú eres un miembro del equipo. Te pagamos por ayudarnos...

Y también era amigo de Allan.

–Dejé de ser miembro del equipo, no sé si te acuerdas.

–Ah, o sea, que entonces no pasa nada –dijo ella, irónica.

–No, claro que no. Allan...

–¿Allan qué? Ahora es él quien nos ha engañado. Quien ha engañado a mi amiga Julie para que se acostase con él. ¿Quién se cree que es ese cerdo? –exclamó Erin–. No voy a dejar que se ría de mi amiga... Es más, ¡pienso decírselo a la cara!

–Erin, no puedes tirar tu carrera por la ventana. Deja el asunto del contrato en paz si quieres, pero...

–¡De eso nada!

–Erin, por favor…

–Patrick se había equivocado. Los negocios son los negocios y la amistad es la amistad. No sé cómo he podido pensar que ambas cosas pudieran mezclarse.

–Espera hasta que te calmes un poco.

–¡Estoy muy calmada!

Si aquello era estar calmada, Striker no sabía qué podía esperar cuando estuviese furiosa.

–Deja que yo hable con él.

–¿Y qué vas a hacer tú, don Juan? ¿Vas a echarle en cara que se haya reído de Julie?

–Erin, yo…

–Olvídalo. No necesito tu ayuda. Es mi empresa, mi trabajo. Es cosa mía.

–¿Y qué vas a hacer, darle una paliza?

Erin no sonrió. Y eso era preocupante.

–Erin, tienes que ser profesional.

–Debería haberlo sido desde el principio. Dejé que mi jefe me convenciera para venir aquí con un vestidito y una sonrisa... pensé que eso valdría para firmar un contrato, aunque yo sabía que no era así. Patrick se equivocó y yo me equivoqué por hacerle caso.

Había una pasión en sus palabras que Striker no podía por menos que admirar. Erin O´Connell tenía principios.

–Piénsalo antes de hacer nada.

–¿Es que no has oído una sola palabra de lo que he dicho?

Entonces, alguien llamó a la puerta del bungalow.

Erin se volvió, sorprendida.

Pero cuando se asomó y vio por el cristal de la puerta que era Allan, la sorpresa se convirtió en ira. Iba a abrir, pero Striker la detuvo con una mano.

–Espera –dijo, en tono de advertencia.

–Suéltame.

–No.

–Soy tu jefa.

–No lo eres. Ayer presenté mi dimisión.

Allan volvió a llamar.

–Os estoy viendo por el cristal.

–Por favor, cálmate –le rogó Striker–. Intenta tranquilizarte.

–Estoy absolutamente tranquila –contestó Erin, antes de abrir la puerta–. ¡Allan Baldwin, no sé quién demonios te crees que eres!

–¡Erin!

–¡Pero nadie trata así a mi amiga Julie!

Allan parpadeó, sorprendido.

–¿Cómo?

–Allan…

–¡No te metas en esto, Striker! Que tengas dinero e influencias no significa que puedas tratar a una mujer…

–¿Dónde está Julie?

Erin se cruzó de brazos.

–No vas a volver a verla.

–Tengo que verla –dijo Allan.

–No, lo siento.

La expresión de Allan dejaba claro que la apartaría a la fuerza si era necesario.

–Tendrías que empujarme a mí también –dijo Striker entonces.

–¿Julie está enfadada conmigo? –suspiró Allan entonces.

–¿Por qué iba Julie a estar enfadada? ¿Solo porque hayas pensado que el sexo era parte del trato?

–¿Qué trato?

–No te hagas el tonto conmigo, ya sé que lo sabes –replicó Erin, clavándole un dedo en la pechera de la camisa–. Julie estaba aquí como gemóloga, no como…

–¿Julie te ha dicho eso? ¿Te ha dicho que yo la obligué a algo?

–No, no ha dicho eso exactamente, pero…

Erin repasó su conversación con Julie. En realidad, solo había dicho que se sentía culpable por no decirle la verdad a Allan.

–Voy a verla –dijo él entonces.

–Pero…

–Está muy disgustada –le advirtió Striker.

–Pues no sé por qué –dijo Allan, confuso–. Nosotros… fue algo… por el amor de Dios, tengo que hablar con ella.

–¿Qué vas a decirle?

–Lo que tengo que decirle es absolutamente personal. Si no os importa.

–No, pero subiré contigo.

–¿Qué?

–No pienso dejarte a solas con ella.

–Bueno, tú mismo. Pero te vas a sentir como un idiota –le advirtió Allan.

Cuando Allan empezó a subir la escalera, Erin sujetó a Striker del brazo.

–Espera.

–¿Qué?

–¿Tú habías pensado que Allan obligó a Julie a acostarse con él?

–¡No! Allan no le dijo que sabía lo del contrato. ¿Cómo iba a obligarla a acostarse con él si no sabía nada del contrato?

La puerta del dormitorio de Julie se abrió y los dos miraron hacia arriba. Vieron que Allan le decía algo… aunque no pudieron oírlo. Y luego le vieron sacar una cajita del bolsillo y clavar una rodilla en el suelo.

Erin abrió la boca, atónita. No parecía que estuviese obligándola a nada. Y tenía la horrible impresión de que había destrozado su carrera para siempre.

Allan abrió una cajita de terciopelo y Julie abrió los ojos como platos cuando le puso el anillo en el dedo. Luego cayó de rodillas a su lado y lo abrazó con todas sus fuerzas.

Allan Baldwin sonreía como un maníaco. Increíble.

–Tenía razón –murmuró Striker–. Me habría sentido como un idiota.

–¡Erin! –la llamó Julie desde arriba, mostrándole el dedo–. ¡Veintinueve quilates, blanco azulado sin un solo defecto, corte princesa! Y lleva dos esmeraldas. Creo que Allan me quiere de verdad.

Erin no podía dejar de sonreír.

¿Que su carrera se había ido al garete? ¿Que había insultado al prometido de su mejor amiga?

Al menos, Julie era feliz.

Allan tomó su mano para bajar la escalera y Julie corrió hacia ella para mostrarle el increíble diamante, tan grande como el de Elizabeth Taylor, con lágrimas en los ojos. Las piedras eran maravillosas, con un brillo y una transparencia inigualables.

Erin abrazó a Julie. Solo podía sentirse feliz por ella.

–Bueno, ahora vamos a echarle un vistazo a ese contrato –dijo Allan entonces.

Erin se apartó, estupefacta.

–Pero…

Striker le dio un codazo.

–Dale el contrato, cariño.

Erin no entendía nada.

–Pero hace un momento te he acusado de obligar a Julie…

–Erin…

–Lo sé –sonrió Allan, apretando la mano de

su prometida–. Cuando te enfadas eres como un pequeño *pitbull*.

Erin no sabía cómo responder a eso.

–Eres exactamente el tipo de persona que quiero en mi equipo. Así que hazme una oferta. Vamos a terminar con esta negociación de una vez para poder celebrar nuestro compromiso como Dios manda.

Capítulo Doce

Las olas les acariciaban los pies mientras paseaban por la playa. Allan había firmado el contrato y todos estaban felices. Todos menos Striker.

Ver a Allan y a Julie juntos lo hacía sentir... raro, como si le faltase algo. Había pensado que acostarse con Erin sería suficiente. Con ella había roto su récord de permanencia con una mujer. Y eso no decía nada bueno de él.

La verdad era que, por primera vez en su vida, quería intimidad, quería compañía, quería una relación de verdad. Quería una novia. Pero no cualquier novia.

Striker se detuvo y tomó a Erin por los hombros. El viento le movía el pelo alrededor de la cara y nunca le había parecido más bonita. Estaba preciosa.

–¿Qué va a pasar con nosotros?

–¿Qué va a pasar con nosotros? –repitió ella despacio.

–¿Crees que también puede haber un final feliz para nosotros, Erin?

Ella apartó la mirada. No sabía qué decir, ni siquiera sabía cuáles eran sus sentimientos.

–Lo hemos pasado bien, Striker. Pero ha llegado la hora de terminar con esta fantasía.

–Pero…

–Vivimos en mundos diferentes.

–Allan y Julie también viven en mundos diferentes.

–Eso es otra cosa.

–¿Por qué?

–Porque Julie quiere vivir en el mundo de Allan.

–Y tú no quieres vivir en el mío. ¿Es eso?

–No me hagas esto, Striker. Yo no puedo, ahora mismo…

–¿Qué no haga qué? ¿Invitarte a compartir mi vida?

–Aunque fueras…

–¿Aunque fuera qué?

–Mira, yo vivo en Manhattan, tú tienes una avioneta en Seattle. ¿Qué haríamos para vernos? ¿Qué esperas de mí?

–Supongo que… que ser lo suficientemente importante como para que quieras cambiar de mundo.

–Striker…

Él sacudió la cabeza. Podría contarle la verdad. Podría decirle que era rico, tremendamente rico, y quizá entonces ella dijera que sí. Podría decirle que sus mundos no eran tan diferentes. Pero no pensaba hacerlo.

Striker alargó la mano para acariciarle la cara por última vez.

–Adiós, Erin.

Ella asintió con la cabeza. Le temblaban los labios y no podía disimular. Por un segundo, Striker pensó que iba a besarlo.

Pero no lo hizo.

Dio un paso atrás y el momento se rompió.

Aquel era el adiós definitivo.

Erin miraba el paisaje desde la ventana de su nuevo despacho, preguntándose por enésima vez si Striker habría hablado en serio. Y luego, por enésima vez, diciéndose a sí misma que era ridículo.

No, Striker Reeves era un adolescente de treinta años, uno de esos hombres que nunca sientan la cabeza. Y era absurdo hacerse ilusiones.

Había tomado la decisión correcta. Estaba segura de ello.

Patrick entró entonces en su despacho.

–¿Cómo está hoy mi compradora favorita?

–Bien –contestó ella, intentando sonreír–. Un poco cansada.

–Pues anímate porque te vas a Birmania.

¿A Birmania? ¿Ella?

–¿Rubíes?

–Eso es –sonrió Patrick–. Iba a ir Charles, pero lo necesitan en Rusia, y tú eres la siguiente en la lista. Primera clase, hotel de cinco estrellas… a todo lujo.

Ir a Birmania a comprar rubíes. Era un sueño hecho realidad. O lo habría sido una semana antes. Ya no.

¿Y si Striker hablaba en serio?, volvió a preguntarse. No, no, no, se dijo a sí misma. ¿Qué habría sido de su vida si le hubiera dicho que sí? ¿Se gastarían todo el dinero en comprar avionetas decrépitas? ¿Y si tenían hijos y debían criarlos en un apartamento de una sola habitación? ¿Quería que sus hijos pasaran por lo que había pasado ella de pequeña?

No, definitivamente no. Todo eso le asustaba, eran tan diferentes.

Además, Striker no hablaba en serio.

Si volvía a Seattle, haría el más completo de los ridículos.

Erin encendió el ordenador para terminar un informe que debería haber terminado dos días antes, pero las cifras le parecían borrosas.

Si no volvía a Seattle, no lo sabría nunca.

¿Merecería la pena?

–¿Erin? –la llamó su secretaria–. ¿Quieres que reserve el billete para Birmania?

Erin miró a la joven en silencio. ¿Merecería la pena cambiar de vida por Striker Reeves?

–¿Erin?

–Dame un par de días. Tengo que hacer una cosa muy importante.

***

Striker estaba frente el escritorio de su padre, de pie, mirándolo directamente a los ojos.

–Papá, he venido para decirte que he estado pensando mucho estos días.

–Espero que no hayas venido para convencerme de que te deje pilotar el jet.

–No, he venido para decirte que tenías toda la razón.

–¿Cómo?

–Tenías razón acerca de mí.

–¿En qué sentido?

–He sido un irresponsable hasta ahora. Me he portado como un crío.

Su padre levantó una ceja.

–Pensé que no querías convencerme para que volviera a dejarte pilotar el avión.

–No es eso.

Jackson lo apuntó con su bolígrafo de modo intimidante.

–¿Entonces qué quieres?

–Lo digo en serio, papá.

–Striker, hijo mío, tú eres un maestro diciendo las cosas que la gente quiere oír. Lo haces con las mujeres, lo haces con tu madre. Y ahora lo estás intentando conmigo. De modo que sé un poco más claro.

–Pero…

–No puedo creer que, de repente, hayas tenido una revelación y estés dispuesto a cambiar de vida.

Striker apretó los dientes. Estaba capitulando. Estaba diciéndole que tenía razón. ¿Por qué tenía que discutir?

–Lo digo en serio –repitió–. Nada de juergas, nada de mujeres, nada de hacer el tonto mientras estoy de servicio.

–¿Y cuál es la trampa?

–No hay trampa.

Jackson arqueó las cejas.

–Bueno, tengo que pedirte un pequeño favor.

–¿Qué favor?

–Necesito que me prestes el jet para impresionar a una mujer.

Su padre cerró los ojos.

–Lo que me temía.

–Esta te gustará, te lo prometo.

–No te creo.

–Papá, puedo ver a tus nietos en sus ojos, lo prometo.

Jackson se quedó inmóvil.

–¿*Ese* tipo de mujer?

–Ese tipo de mujer. Se llama Erin O´Connell y vive en Nueva York. Y tengo que darle muchas explicaciones.

–Y necesitas mi avión para hacerlo.

–Sí.

–Prométeme que la traerás a casa.

–Mañana.

Jackson sonrió, orgulloso de su hijo por primera vez en mucho tiempo. En muchísimo tiempo.

***

Erin corría por el aeropuerto de Seattle con el móvil pegado a la oreja. Tenía que encontrar a Striker, pero no sabía si estaría donde lo encontró la primera vez.

Había salido de Nueva York con tanta prisa, que no había podido hablar con los de Charter Beluga.

Cuando pasaba por delante de una pared de cristal del aeropuerto vio a un hombre y el corazón le dio un vuelco.

Striker.

Allí, en el aeropuerto de Seattle.

Nerviosa, se acercó a la pared de cristal y empezó a golpearla con la palma de la mano. Varias personas se volvieron para mirarla, pero Striker no estaba prestando atención. Erin volvió a golpear con más fuerza… y él se volvió.

Por fin.

Al verla, sonrió de oreja a oreja, y Erin supo que se alegraba de verla. Que se alegraba de verdad.

Striker se acercó a la pared, le puso la mano encima de la suya y le indicó con la otra hacia dónde debía ir.

Erin corrió con todas sus fuerzas, sonriendo como una tonta.

–¿Qué haces aquí? –exclamó él, cuando se encontraron.

–He vuelto
–¿Para que? –sonrió Striker, abrazándola.
–¿Lo decías en serio? ¿Lo de compartir nuestra vida?
–Sí, claro. Yo…
–Entonces me quedo. No sé qué voy a hacer, no sé qué vamos a hacer, pero… espero que no quieras comprar muchas avionetas, porque son carísimas y…
–¿Erin?
–¿Sí?
–Antes de seguir, ¿puedo enseñarte algo?
–Sí, claro. ¿Qué estabas haciendo aquí, por cierto?
Striker le quitó la bolsa de viaje y se la puso al hombro.
–Viajas con poco equipaje, ¿no?
Erin se mordió los labios.
–Es que no estaba segura…
–Pero yo sí lo estoy –sonrió él, pasándole un brazo por la cintura–. Seguramente este es el peor sitio del mundo para decir esto, pero te quiero, Erin.
–Yo también te quiero. De verdad. De todo corazón.
–Menuda historia para contarle a nuestros nietos, ¿eh?
–¿Nietos?
–Bueno, yo esperaba que quisieras tener hijos.
–Sí, sí, claro.

–Y le he prometido a mis padres que les daríamos nietos.

–¿Le has hablado a tus padres de mí?

–Claro que sí. Están deseando conocerte –sonrió Striker, introduciendo su tarjeta magnética para abrir una puerta de metal–. Les vas a encantar.

–¿Adónde vamos? –preguntó Erin, mirando alrededor.

–No te preocupes, soy piloto.

–Ya, pero…

–Hola, Striker –lo saludó un guardia de seguridad.

–Hola, Bert.

–¿Lo conoces?

–Sí, claro. Conozco a todo el mundo en el aeropuerto.

–Pero pensé que tan solo pilotabas la avioneta.

–Piloto muchas cosas –sonrió él, moviendo las cejas.

Bajaron por una escalera y poco después salieron a la pista, donde Striker señaló un brillante jet privado.

–¿Qué te parece?

–¿Qué?

–El avión. Es mío.

–¿Qué?

–Bueno, el diez por ciento del avión es mío. El resto es de mi padre.

–¿Cómo?

–Mi padre es el presidente de Reeves-DuCarter Internacional y yo soy uno de los socios de la empresa.

–¿La empresa Reeves-DuCarter? ¿La famosa Reeves-DuCarter?

–Eso es.

–¿Eres hijo de Jackson Reeves-DuCarter?

–Claro –sonrió Striker.

–Pero…

–Iba ahora mismo a Nueva York para hablar contigo, por eso estaba en el aeropuerto. Iba a pedirte perdón por no haberte contado la verdad y a decirte que mi mundo y el tuyo no son diferentes.

Ella parpadeó, atónita.

–¿Estás diciéndome que eres rico?

–Sí, casi tanto como Allan.

A Erin se le doblaron las rodillas. Y ella dándole consejos sobre moda. Diciéndole qué tenedor debía usar…

–¿Erin?

–¿Por qué?

–¿Eh?

–¿Por qué me hiciste creer que no tenías dinero, que no sabías elegir un traje?

–Sí, en fin, estaba interpretando un personaje. Tú me creías un vagabundo y yo decidí seguirte la corriente. Era tan divertido –sonrió Striker.

–¿Le dijiste a Allan que yo estaba buscando un contrato?

–No, no le dije nada. Nunca te he mentido, Erin. Solo te dejé creer lo que tú querías creer. Pero todo eso da igual. Te quiero, cariño. Te quiero con toda mi alma.

–¿Ibas a ir a Nueva York de verdad?

–Sí, ahora mismo. Pero podemos ir cuando tú digas.

–¿Ahora mismo?

–Ahora mismo. Pero tenemos que estar de vuelta mañana. Le he prometido a mi padre que te llevaría a casa. Tengo que presentarles a mi prometida.

Epílogo

El hermano pequeño de Striker, Tyler, silbaba mientras tomaba una cerveza, tumbado en el césped del jardín.

–Ahora entiendo que fueras tan incoherente –sonrió, mirando a Erin.

–¿De qué estás hablando? –preguntó Striker.

Derek salió de la casa para reunirse con ellos en ese momento.

–Derek me dijo que cuando habló contigo por teléfono solo decías tonterías.

–Derek es un lunático.

–Derek no es un lunático –protestó el interesado–. Es mayor y más sabio que vosotros. Por eso sigue soltero.

–Sí, bueno –rio Tyler–. Pues Jenna ha invitado a Candice para que te haga compañía.

–¿Qué? ¿Tengo que soportarla todos los días en la oficina y ahora también va a invadir mis fines de semana?

–Jenna ha pensado que podría ayudar con los planes de boda.

–Ya, seguro.

–¿Quién es Candice? –preguntó Striker.

–Nuestra decoradora –suspiró Derek.

–Pensé que Jenna era vuestra decoradora.

–Es una especie de doctor Jekyll y Mr. Hyde. Jenna es la decoradora buena y Candice es la decoradora maligna y demoníaca.

–Pórtate bien con ella –le advirtió Tyler.

–¿Quién, yo?

Striker se levantó, mirando a Erin con cara de tonto.

–Es demasiado buena para ti –suspiró su hermano.

–¿A que sí?

Striker se dirigió hacia el grupo de mujeres.

–Yo había pensado que la boda podría celebrarse en la iglesia de San Pablo –estaba diciendo su madre.

–Y yo estoy preocupada por el catering –suspiró Jenna–. Falta poco para septiembre y…

–Podríamos organizar un gran banquete aquí mismo. Si hace buen tiempo, ni siquiera habría que poner carpa –la interrumpió Candice.

–No sé… –empezó a decir Erin. Pero nadie le hacía caso.

–Una pena que no podamos organizar el banquete en El Faro.

–¿No sería maravilloso poder celebrar la boda aquí? –sonrió su madre.

El corazón de Striker se llenó de orgullo. Erin estaba siendo tan paciente con ellas.

Sonriendo, se acercó por detrás y abrazó a su novia, llevándosela aparte.

–¿Va todo bien?

–Sí, sí…

–Sé que mi familia puede ser un poquito abrumadora.

–No, qué va. Me encanta. Yo nunca había tenido esto antes.

Striker parpadeó.

–¿No te importa que te organicen ellas la boda?

Erin sonrió de oreja a oreja.

–Podría casarme en un estadio de fútbol si eso es lo que quieren.

–No lo digas muy alto.

–Mientras tú seas el novio, todo lo demás me da igual.

–¿Seguro?

La voz de su madre se alzó por encima de las demás:

–Yo creo que una falda estilo princesa es mucho mejor. ¿Qué tal un escote barco?

–¡Ah, tengo el diseñador perfecto para ti, Erin! –exclamó Candice–. ¡Vas a estar divina!

Ella parpadeó rápidamente.

–Voy a tener hermanos y hermanas, Striker.

Él miró alrededor.

–No te entusiasmes demasiado. Ya irás conociéndolos.

–Los adoro, cariño.

–¿Sí? Pues será mejor que me adores más a mí.

–Siempre –suspiró Erin.

Striker se inclinó para besarla.

–¡Erin!, ¿qué te parecen las lilas? –gritó Jenna.

–¡Me encantan!

–Y tú me encantas a mí –susurró Striker.

Deseo

NUESTRA NOCHE DE PASIÓN

CATHERINE MANN

Nadie conocía a Elliot Starc mejor que Lucy Ann Joyner. Sin embargo, después de una inconsciente noche de pasión, su amistad quedó completamente destrozada.

Cuando Elliot se enteró de que Lucy había tenido un hijo suyo, decidió que quería una segunda oportunidad. Deseaba la posibilidad de convertirse en el padre que él nunca tuvo y de que la amistad llegara a ser algo más. Sin embargo, ¿podría Lucy perdonar los errores que él había cometido y creer que deseaba mucho más que un matrimonio por el bien de su hijo?

Ninguna mujer había conseguido que la olvidara

¡YA EN TU PUNTO DE VENTA!